林清玄

著

不争，是一种慈悲

九州出版社
JIUZHOUPRESS

图书在版编目（CIP）数据

不争，是一种慈悲 / 林清玄著. --北京：九州出
版社，2014.6（2016.5重印）
ISBN 978-7-5108-3027-3

Ⅰ. ①不… Ⅱ. ①林… Ⅲ. ①散文集－中国－当代
Ⅳ. ①I267

中国版本图书馆CIP数据核字（2014）第125007号

本著作物经厦门墨客知识产权代理有限公司代理，由九歌出版社有限公司授
权九州出版社在中国大陆出版、发行中文简体字版本。

不争，是一种慈悲

作　　者	林清玄　著	
出版发行	九州出版社	
地　　址	北京市西城区阜外大街甲35号（100037）	
发行电话	（010）68992190/3/5/6	
网　　址	www.jiuzhoupress.com	
电子信箱	jiuzhou@jiuzhoupress.com	
印　　刷	三河市中晟雅豪印务有限公司	
开　　本	870毫米×1280毫米　32开	
印　　张	8.5	
字　　数	170千字	
版　　次	2014年7月第1版	
印　　次	2016年5月第4次印刷	
书　　号	ISBN 978-7-5108-3027-3	
定　　价	29.80元	

自　序

榉树与香樟的牵手

在江苏的园林，看见了许多高大的榉树与香樟，树形苍古悠美，姿态万千。心里起了疑情，问了当地的朋友。

朋友说："这是我们江苏古代的风俗。"原来，在江苏的许多大户人家，生了男孩就会在花园里种一棵榉树，期许这个孩子将来可以中举。如果生了女儿，就会在园中种一棵香樟，来表达内心的欢喜。

朋友自豪地说："在中国其他的地方，生女儿都叫'弄瓦'，生男孩叫'弄璋'。只有在江苏例外，生女儿的欢喜不亚于男孩，所以种一棵樟树来纪念，表示生女儿也是弄璋呀！"

我围绕着那些两人才能合抱的榉树与香樟，内心感动不已，想到几百年前的人就有这样深刻的期许与祝愿，就像受到温柔的春风吹拂，澎湃而波动。

榉树与香樟的故事未完，还有更深情的一面。

到了二八年华，园中的榉树与香樟会长高过围墙，人们走过围墙，看到榉树探头，就会知道"这家的少年可以娶亲了"！如果长出围墙的是香樟，就知道"这家的姑娘可以出嫁了"。若是这家的门风不错，自己家又正好有初长成的少爷姑娘，就可以央请媒婆去提亲了。

那些走街穿巷的媒婆，见了墙头的榉树与香樟，也会主动去凑合。等到树顶长过了屋顶，表示事情急了，往往说媒就能成功。

在我眼前的榉树与香樟，竟是古代的婚姻密码，循着密码，还可以找到古代父母那些美丽的心愿，看见了南方人的浪漫精神。

浪漫精神不仅如此，在江苏，如果有人请喝酒，最好的待客不是昂贵的红酒，也不是浓烈的白酒，最顶级的是黄酒，尤其是窖藏多年的黄酒。

江苏的许多地方，生孩子的时候，不论生的是男孩还是女孩，父母都会请最好的酿酒师，酿很多黄酒存在地窖，等到男孩长大娶亲的时候，拿出来一半当聘礼，一半请亲朋好友共饮，叫做"状元红"；若是女孩，一半当嫁妆，一半共饮，称为"女儿红"。

本来是黄酒，怎么会变成"红"呢？一是为了喜庆；二是因为酒储放的时间长了，酒色偏红；三是为了祝福，酒缸上都贴了红纸。

"状元红""女儿红"二十年只是基本数，也有三四十年的。我每次看朋友从橱柜中小心翼翼地捧出一缸老黄酒，一打开封存了数十年的酒香，从时空的长廊汩汩穿出，未饮已先醉了。

使我醉的，不是酒，是时间，也是空间。我们活在借来的空间里，我们也活在时间的锁链中，是酒香穿透了我们，使我们在漂泊中还有明觉。

使我醉的，不是酒，是浪漫，也是深情。千百年来，父母就有这么浪漫的心，就有如此深情的期许，那酒香有一代一代的缠绵，一点一滴，一丝一缕，在我们的血液里沸腾不已。

我捧着一杯四十年的女儿红，听着遥远的秋风，吹过榉树，拂过香樟，不知多少秋声，在杯中回旋。

玫瑰与钻石的拥抱

清朝诗人张灿写过一首诗：

琴棋书画诗酒花，
当年件件不离它；
而今七字都变更，
柴米油盐酱醋茶。

每一思及，都心有所感。

年轻的时候，谁不想过浪漫的生活呢？在浪漫的生活里，一切都是无价的，一本书，一幅画，一张琴，一盘棋，一首诗，一壶酒，一朵花，天涯漫漫，任你漂泊，好风徐徐，自在逍遥。

有一天突然警醒，世俗的浪涛从远处袭来，一切都成为有价，要买盐买米，要加油添醋，你被俗事捆绑，成为平凡的人，失去了诗心，也听不见音乐。浪漫，一点一滴地流向了江海，仅存的灵性，也一蒙一昧地被人群淹没了。

就像在沙漠中行走，突然看见了远方的城堡，一路奔行，最后才发现一切都是海市蜃楼，待要回看，已找不到前来的脚印，更别说一直在脚边的玫瑰与绿洲了。

浪漫或世俗确是人生中的两难，正如玫瑰与钻石比价一样，在只能送玫瑰的年代，一朵花就是一切。等到送得起钻石的年纪，玫瑰早已经凋零，而一颗钻石，不可能是一切！

环境变得太快了，世俗变得太庞然了，欲求的来袭大得胜过北京的雾霾，浪漫之心早已不是一点一滴的流失，而是一大片一大片的崩解了。

每一思及，都令我伤感！

幸好，我是一个作家，在很年少的时候，就培养了浪漫的追寻，而在我的青年时代，就警觉了世俗的缺漏，使我一直有浪漫的心，感动的情，理想的怀抱。

文学的梦想，如车的两轮，使我在世俗的道路上，能不断地向远方奔驰；浪漫与感动，如鸟之双翼，使我在平凡的山水中，随风鼓翅，飞越群山，观照了山水的不凡。

锦瑟无端五十弦，一弦一柱思华年。人生不能重来，只能长留回忆。我只能很确定地说，走上作家之路，是最不悔的。

温柔与感动的交织

二十年前，我成立"林清玄教育文化基金会"。申请成立的时候，主管单位要我写出基金会的主旨。

我想了一个主旨："爱与美的温柔改革，情与义的感动教育。"副旨是"透过爱与美、情与义的温柔与感动，创造人间的善的循环"。这个基金会的主旨，正是我写作的中心思维。

四十年的写作生涯，常有人问我：与别的作家，你有何不同？最大的不同，应该是我是"观点先行"的作家。

我的作品是为了人生的观点而存在的，因此我的作品正是立基于"爱与美""情与义""善的循环"，希望能激发温柔、感动、浪漫、理想等正面的能量。

华文天下出版公司，最近编辑了四册选集，分别以"智慧"、"自在"、"清净"、"慈悲"为题，重现了从前的观点，与有缘的朋友分享。

昔日的繁华，在回眸一笑间，我希望能写出更好的作品。

林清玄

2014年夏日台北，清淳斋

目　录

第一卷　在微细的爱里

第二卷　有生命力的所在

第一卷 ｜ **在微细的爱里**

横过十字街口

黄昏走到了尾端，光明正以一种难以想象的速度自大地撤离，我坐在车里等红绿灯，希望能在黑夜来临前赶回家。

在匆忙地通过斑马线的人群里，我们通常不会去注意行人们的姿势，更不用说能看见行人的脸了，我们只是想着，如何在绿灯亮起时，从人群前面呼啸过去。

就在行人的绿灯闪动、黄灯即将亮起的一刻，从斑马线的开头出现了一个特别的人影，打破了一整个匆忙的画面。那是一个极为苍白细瘦的中年妇人，她得了什么病我并不知道，但那种病我们偶尔在街角的某一处见到，就是全身关节全部扭曲，脸部五官通通变形，而不管走路或停止的时候，全身都在甩动的那一种病。

那个妇人的不同是，她病得更重，她全身扭成很多褶，就好像我们把一张硬纸揉皱丢在垃圾桶、捡起来再拉平的那个样子。她抖得非常厉害，如同冬天里在冰冷的水塘捞起来的猫抽动着全身。

当她走起来的时候，我的眼泪不能自禁地顺着眼角流了下来。

我不知道自己为何落泪，但我宁可在眼前的这个妇人不要走路，她每走一步就往不同的方向倾倒过去，很像要一头栽到地上，而又勉强地抖动绞扭着站起，再往另一边倾倒过去，她全身的每一根骨头、每一条筋肉都不能平安地留在应该在的地方，而她的每一举步之艰难，就仿佛她的全身都要碎裂在人行道上。她走的每一步，都使我的心全部碎裂又重新组合，我从来没有在一个陌生人的身上，体验过那种重大的无可比拟的心酸。

那妇人，她的手上还努力地抓着一条绳子，绳子的另一端系在一条老狗的颈上，狗比她还瘦，每一根肋骨都从松扁的肚皮上凸了出来，而狗的右后脚折断了，吊在腿上，狗走的时候，那条断脚悬在虚空中摇晃。但狗非常安静有耐心地跟着主人，缓缓移动，这是多么令人惊吓的景象，仿佛把全世界的酸楚与苦痛都在一刹那间，凝聚在病妇与跛狗的身上。

她们一步步踩着我的心走过，我闭起眼睛，也不能阻住从身上每一处血脉所涌出的泪。

这条路上的绿灯亮了，但没有一个驾驶人启动车子，甚至没有人按喇叭，这是极少有的情况，在沉寂里，我听见了无数虚空的叹息与悲悯，我相信面对这幅景象，世上没有一个人忍心按下喇叭。

妇人和狗的路上红灯亮了，使她显得更加惊慌，她更着急地想横越马路，但她的着急只能从她的艰难和急切的抖动中看出来，因为不管她多么努力，她的速度也没有增加。从她的脸上也看不出什么，因为她的五官没有一个在正确的位置上，她一着急，口水竟从嘴角涎落了下来。

我们足足等了一个新的红绿灯，直到她跨上对街的红砖道，才有人踩下油门，继续奔赴到目的地去，一时之间，众车怒吼，呼啸通过。这巨大的响声，使我想起刚刚那一刻，在和平西路的这一个路口，世界是全然静寂无声的，人心的喧闹在当时当地，被苦难的景象压迫到一个无法动弹的角落。

我刚过那个路口不久，天色就整个黯淡下来，阳光已飘忽到不可知的所在，回到家，我脸上的泪痕还未完全干去。坐在饭桌前面，我一口饭也吃不下，心里全是一个人牵着一条狗从路口，一步一步，倾斜颠踬地走过。

这个世界的苦难，总是不时地从我们四周跑出来，我们意识到苦难，反而感知了自己的渺小，感知了自己的无力，我们心心念念想着，要拯救这个世界的心灵，要使人心和平清净，希望众生都能从苦痛的深渊超拔出来，走向光明与幸福，然而，面对着这样瘦小变形的妇人与她的老弱跛足的狗时，我们能做些什么呢？世界能为她做些什么呢？

我感觉，在无边的黑暗里，我们只是寻索着一点点光明，如果我们不紧紧踩着光明前进，马上就会被黑暗淹没。我想起《楞严经》里的一段，佛陀问他的弟子阿难："眼盲的人和明眼的人处在黑暗里，有什么不同呢？"

阿难说："没有什么不同。"

佛陀说："不同。眼盲的人在黑暗里什么也看不见，但明眼的人在黑暗里看见了黑暗，他看见光明或黑暗都是看见，他的能见之性并没有减损。"

我看见了，但我什么也不能做，我帮不上一点黑暗的忙，这是使我落泪的原因。

夜里，我一点也不能进入定境，好像自己正扭动颤抖地横过十字街口，心潮澎湃难以静止，我没有再落泪，泪在全身血脉中奔流。

好雪片片

在信义路上，常常会看到一位流浪的老人，即使热到摄氏三十八度的盛夏，他也着一件很厚的中山装，中山装里还有一件毛衣。那么厚的衣物使他肥胖笨重有如木桶。平常他就蹲坐在街角歪着脖子，看来往的行人，也不说话，只是轻轻地摇动手里的奖券。

很少的时候，他会站起来走动。当他站起，才发现他的椅子绑在皮带上，走的时候，椅子摇过来，又摇过去。他脚上穿着一双老式的牛伯伯打游击的大皮鞋，摇摇晃晃像陆上的河马。

如果是中午过后，他就走到卖自助餐摊子的前面一站，想买一些东西来吃，摊贩看到他，通常会盛一盒便当送给他。他就把吊在臀部的椅子对准臀部，然后坐下去。吃完饭，他就地睡午觉，仍是歪着脖子，嘴巴微张。

到夜晚，他会找一块干净挡风的走廊睡觉，把椅子解下来当枕头，和衣，甜甜地睡去了。

我观察老流浪汉很久了，他全部的家当都带在身上，几乎终日不说一句话，可能他整年都不洗澡的。从他的相貌看来，应该是北方人，流落到这南方热带的街头，连最燠热的夏天都穿着家乡的厚衣。

对于街头的这位老人，大部分人都会投以厌恶与疑惑的眼光，小部分人则投以同情。

我每次经过那里，总会向老人买两张奖券，虽然我知道即使每天买两张奖券，对他也不能有什么帮助，但买奖券使我感到心安，并使同情找到站立的地方。

记得第一次向他买奖券的那一幕，他的手、他的奖券、他的衣服同样的油腻污秽，他缓缓地把奖券撕下，然后在衣袋中摸索着，摸索半天掏出一个小小的红色塑胶套，这套子竟是崭新的，美艳得无法和他相配。

老人小心地把奖券装进红色塑胶套，由于手的笨拙，使这个简单动作也十分艰困。

"不用装套子了。"我说。

"不行的，讨个喜气，祝你中奖！"老人终于笑了，露出缺几颗牙的嘴，说出充满乡音的话。

他终于装好了，慎重地把红套子交给我，红套子上写着八个字："一券在手，希望无穷。"

后来我才知道，不管是谁买奖券，他总会努力地把奖券装进红套子里。慢慢我理解到了，小红套原来是老人对买他奖券的人一种感激的表达。每次，我总是沉默耐心地等待，看他把心情装进红封套，温暖四处流动着。

和老人逐渐认识后，有一年冬天黄昏，我向他买奖券，他还没有拿奖券给我，先看见我穿了单衣，最上面的两个扣子没有扣。老人说："你这样会冷吧！"然后，他把奖券夹在腋下，伸出那双油污的手，要来帮我扣扣子，我迟疑一下，但没有退避。

老人花了很大的力气，才把我的扣子扣好，那时我真正感觉到人明净的善意，不管外表是怎么样的污秽，都会从心的深处涌出，在老人为我扣扣子的那一刻，我想起了自己的父亲，鼻子因而酸了。

老人依然是街头的流浪汉，把全部的家当带在身上，我依然是我，向他买着无关紧要的奖券。但在我们之间，有一些友谊，装在小红套，装在眼睛里，装在不可测的心之角落。

我向老人买过很多很多奖券，多未中过奖，但每次接过小红套时，我觉得那一时刻已经中奖了，真的是"一券在手，希望无穷"。我的希望不是奖券，而是人的好本质，不会被任何境况所淹没。

我想到伟大的禅师庞蕴说的："好雪片片，不落别处！"我们生活中的好雪、明净之雪也是如此，在某时某地当下即见，美丽地落下，落下的雪花不见了，但灌溉了我们的心田。

永铭于心

我妈妈是典型的农家妇女，从前的农家妇女几乎是从不休息的，她们除了带养孩子，还要耕田种作。为了增加收入，她们要养猪种菜做副业；为了减少开支，她们夜里还要亲自为孩子缝制衣裳。

记忆中，我的妈妈总是忙碌不堪，有几个画面深印在我的脑海。

有一幕是：她叫我和大弟安静地坐在猪舍前面，她背着我最小的弟弟在洗刷猪粪的情景，妈妈的个子矮小，我们坐在猪舍外看进去，只有她的头高过猪圈，于是，她和小弟的头在那里一起一伏，就好像在大海浪里搏斗一样。

有一幕是：农忙时节，田里工作的爸爸和叔伯午前总要吃一顿点心止饿。点心通常是咸粥，是昨夜的剩菜和糙米熬煮的，妈妈挑着咸粥走在仅一尺宽的田埂，卖力地走向田间，她挑的两个桶子，体积比她的身体大得多，感觉好像桶子抬着她，而不是她挑桶子，然后会听见一声高昂的声音："来哦！来吃咸粥哦！"几里地外都听得见。

还有一幕是：只要家里有孩子生病，她就会到庙里烧香拜拜，我每看到她长跪在菩萨面前，双目紧闭，口中喃喃祈求，就觉得妈妈的脸真是美，美到不可方物，与神案上的菩萨一样美，不，比菩萨还要美，因为妈妈有着真实的血肉。每个人的妈妈都是菩萨，母心就是佛心呀！

由于我深记着那几幕母亲的影像，使我不管遭遇多大的逆境都还能奋发向上，有感恩的心。

也使我从幼年到如今，从来没有开口说过一句忤逆母亲的话。

四随

随喜

在通化街入夜以后，常常有一位乞者，从阴暗的街巷中冒出来。

乞者的双腿齐根而断，他用包着棉布的厚厚手掌走路。他双手一撑，身子一顿就腾空而起，然后身体向一尺前的地扑跌而去，用断腿处点地，挫了一下，双手再往前撑。

他一走路几乎是要惊动整条街的。

因为他在手腕的地方绑了一个小铝盆，那铝盆绑的位置太低了，他一"走路"，就打到地面咚咚作响，仿佛是在提醒过路的人，不要忘了把钱放在他的铝盆里面。

大部分人听到咚咚的铝盆声，俯身一望，看到时而浮起时而顿挫的身影，都会发出一声惊诧的叹息。但是，也是大部分的人，叹息一声，就抬头仿佛未曾看见什么的走过去了，只有极少极少的人，怀着一种悲悯的神情，给他很少的布施。

人们的冷漠和他的铝盆声一样令人惊诧！不过，如果我们再仔细看看通化夜市，就知道再悲惨的形影，人们也已经见惯了。短短的通化街，就有好几个行动不便、肢体残缺的人在卖奖券，有一位点油灯弹月琴的老人盲妇，一位头大如斗、四肢萎缩瘫在木板上的孩子，一位软脚全身不停打摆的青年，一位口水像河流一般流淌的小女孩，还有好几位神智纷乱来回穿梭终夜胡言的人……这些景象，使人们因习惯了苦难而逐渐把慈悲盖在一个冷漠的角落。

那无腿的人是通化街里落难的乞者之一，不会引起特别的注意，因此他的铝盆常常是空着的。他为了引起人们的注意，有时故意来回迅速地走动，一浮一顿，一顿一浮……有时候站在街边；听到那急促敲着地面的铝盆声，可以听见他心底多么悲切的渴盼。

他经常戴着一顶斗笠，灰黑的，有几茎草片翻卷了起来，我们站着往下看，永远看不见他脸上的表情，只能看到那有些破败的斗笠。

有一次，我带孩子逛通化夜市，忍不住多放了一些钱在那游动的铝盆里，无腿者停了下来，孩子突然对我说："爸爸，这没有脚的伯伯笑了，在说谢谢！"这时我才发现孩子站着的身高正与无腿的人一般高，想是看见他的表情了。无腿者听见孩子的话，抬起头来看我，我才看清他的脸粗黑，整个被风霜腌渍，厚而僵硬，是长久没有使用过表情的那种，后来，他的眼睛和我的眼睛相遇，我看见了这一直在夜色中被淹没的眼睛，透射出一种温暖的光芒，仿佛在对我说话。

在那一刻，我几乎能体会到他的心情，这种心情使我有着悲痛与温柔交错的酸楚，然后他的铝盆又响了起来，向街的那头响过去，我的胸腔就随他顿挫顿浮的身影而摇晃起来。

我呆立在街边，想着，在某一个层次上，我们都是无脚的人，如果没有人与人间的温暖与关爱，我们根本就没有力量走路，不管在任何时候任何地方，我们见到了令我们同情的人而行布施之时，我们等于在同情自己，同情我们生在这苦痛的人间，同情一切不能离苦的众生。倘若我们的布施使众生得一丝喜悦温暖之情，这布施不论多少就有了动人的质地，因为众生之喜就是我们之喜，所以佛教里把布施、供养称为"随喜"。

这随喜，有一种非凡之美，它不是同情，不是悲悯，而是众生喜而喜，就好像在连绵的阴雨之间让我看见一道精灿的彩虹升起，不知道阴雨中有彩虹的人就不会有随喜的心情，因为我们知道有彩虹，所以我们布施时应怀着感恩，不应稍有轻慢。

我想起经典上那伟大充满了庄严的维摩诘居士，在一个动人的聚会里，有人供养他精美无比的璎珞，他把璎珞分成两份，一份供养难胜如来佛，一份布施给聚会里最卑下的乞者，然后他用一种威仪无匹的声音说："若施主等心施一最下乞人，犹如如来福田之相，无所分别，等于大悲，不求果报，是则名曰具足法施。"

他甚至警策地说，那些在我们身旁一切来乞求的人，都是住于不可思议解脱菩萨境界的菩萨来示现的，他们是来考验我们的悲心与菩提心，使我们从世俗的沦落中超拔出来。我们若因乞求而布施来植福德，我们自己也只是个乞求的人，我们若看乞者也是菩萨，布施而怀恩，就更能使我们走出迷失的津渡。

我们布施时应怀着最深的感恩，感恩我们是布施者，而不是乞求的人；感恩那些秽陋残疾的人，使我们警醒，认清这是不完满的世界，我们也只是一个不完满的人。

我想，怀着同情、怀着悲悯，甚至怀着苦痛、怀着鄙夷来注视那些需要关爱的人，那不是随喜，唯有怀着感恩与菩提，使我们清和柔软，才是真随喜。

随业

打开孩子的饼干盒子，在角落的地方看到一只蟑螂。

那蟑螂静静地伏在那里，一动也不动，我看着这只见到人不逃跑的蟑螂而感到惊诧的时候，突然看见蟑螂的前端裂了开来，探出一个纯白色的头与触须，接着，它用力挣扎着把身躯缓缓地蠕动出来，那么专心，那么努力，使我不敢惊动它，静静蹲下来观察它的举动。

这蟑螂显然是要从它破旧的躯壳中蜕变出来，它找到饼干盒的角落脱壳，一定认为这是绝对的安全之地，不想被我偶然发现，不知道它的心里有多么心焦。可是再心焦也没有用，它仍然要按照一定的程序，先把头伸出，把脚小心地一只只拔出来，一共花了大约半小时的时间，蟑螂才完全从它的壳里用力走出来，那最后一刻真是美，是石破天惊的，有一种纵跃的姿势。我几乎可以听见它喘息的声音，它也并不立刻逃走，只是用它的触须小心翼翼地探着新的空气、新的环境。

新出壳的蟑螂引起我的叹息，它是纯白的几近于没有一丝杂质，它的身体有白玉一样半透明的精纯的光泽。这日常引起我们厌恨的蟑螂，如果我们把所有对蟑螂既有的观感全部摒除，我们可以说那蟑螂有着非凡的惊人之美，就如同是草地上新蜕出的翠绿色的草蝉一样。

当我看到被它脱除的那污迹斑斑的旧壳，我觉得这初初钻出的白色小蟑螂也是干净的，对人没有一丝害处。对于这纯美干净的蟑螂，我们几乎难以下手去伤害它的生命。

后来，我养了那蟑螂一小段时间，眼见它从纯白变成灰色，再变成灰黑色，那是转瞬间的事了。随着蟑螂的成长，它慢慢地从安静的探触而成为鬼头鬼脑的样子，不安地在饼干盒里骚爬，一见到人或见到光，它就焦急不安地想要逃离那个盒子。

最后，我把它放走了，放走的那一天，它迅速从桌底穿过，往垃圾桶的方向遁去了。

接下来好几天，我每次看到德国种的小蟑螂，总是禁不住地想，到底这里面，哪一只是我曾看过它美丽的面目、被我养过的那只纯白的蟑螂呢？我无法分辨，也不须去分辨，因为在满地乱爬的蟑螂里，它们的长相都一样，它们的习气都一样，它们的命运也是非常类似的。

它们总是生活在阴暗的角落，害怕光明的照耀，它们或在阴沟，或在垃圾堆里度过它们平凡而肮脏的一生，假如它们跑到人的家里，等待它们的是克蟑、毒药、杀虫剂，还有用它们的性费洛姆做成来诱捕它们的蟑螂屋，以及随时踩下的巨脚，擎空打击的拖鞋，使他们在一击之下尸骨无存。

这样想来，生为蟑螂是非常可悲而值得同情的，它们是真正的"流浪生死，随业浮沉"。这每一只蟑螂是从哪里来投生的呢？它们短暂的生死之后，又到哪里去流浪呢？它们随业力的流转到什么时候才会终结？为什么没有一只蟑螂能维持它初生时纯白、干净的美丽呢？

无非是一个不可知背负。这无非都是业。

我们拼命保护那些濒临绝种的美丽动物，那些动物还是绝种了。我们拼命创造各种方法来消灭蟑螂，蟑螂却从来没有减少，反而增加。

这也是业，美丽的消失是业，丑陋的增加是业，我们如何才能从业里超拔出来呢？从蟑螂，我们也看出了某种人生。

随顺

在和平西路与重庆南路交口的地方，每天都有卖玉兰花的人，不只在天气晴和的日子，他们出来卖玉兰花，有时是大风雨的日子，他们也来卖玉兰花。

卖玉兰花的人里，有两位中年妇女，一胖一瘦；有一位消瘦肤黑的男子，怀中抱着幼儿；有两个小小的女孩，一个十岁，一个八岁；偶尔，会有一位背有点弯的老先生，和一位白发苍苍的老妇，也加入贩卖的阵容。

如果在一起卖的人多，他们就和谐地沿着罗斯福路、新生南路步行扩散，所以有时候沿着和平东西路走，会发现在复兴南路口、建国南路口、新生南路口、罗斯福路口、重庆南路口都是几张熟悉的脸孔。

卖花的不管是老人还是孩子，他们都非常和气，端着用湿布盖好以免玉兰花枯萎的木盘子从面前走过，开车的人一摇手，他们绝不会有任何的嗔怒之意，如果把车窗摇下，他们会赶忙站到窗口，送进一缕香气来。在绿灯亮起的时候，他们就站在分界的安全岛上，耐心等候下一个红灯。

我自己就是大学教授、交通专家所诅咒的那些姑息着卖玉兰花的人，不管是在什么样的路口，遇到任何卖玉兰花的人，我总是忘了交通安全的教训；买几串玉兰花，买到后来，竟认识了罗斯福路、重庆南路口几位卖玉兰花的人。

买玉兰花时，我不是在买那些清新怡人的花香，而是买那生活里辛酸苦痛的气息。

每回看到卖花的人，站在烈日下默默拭汗，我就忆起我的童年时代为了几毛钱在烈日下卖支仔冰，在冷风里卖枣子糖的过去，在心里，我可以贴近他们心中的渴盼，虽然他们只是微笑着挨近车窗，但在心底，是多么希望有人摇下车窗，买一串玉兰花。这关系着人间温情的一串花才卖十元，是多么便宜，但便宜的东西并不一定廉价，在冷气车里坐着的人，能不能理解呢？

几个卖花的人告诉我，最常向他们买花的是计程车司机，大概是计程车司机最能理解辛劳奔波的生活是什么滋味，他们对街中卖花者遂有了最深刻的同情，其次是开小车子的人，最难卖的对象是开着豪华进口车、车窗是黑色的人，他们高贵的脸一看到玉兰花贩走近，就冷漠地别过头去。

有时候，人间的温暖和钱是没有关系的，我们在烈日焚烧的街头动了不忍之念，多花十元买一串花，有时在意义上胜过富者为了表演慈悲、微笑照相登上报纸的百万捐输。

不忍？

是的，我买玉兰花时就是不忍看人站在大太阳下讨生活，他们为了激起人的不忍，有时把婴儿也背了出来，有人批评他们把孩子背到街上讨取人的同情是不对的。可是我这样想，当妈妈出来卖玉兰花时，孩子要交给保姆或佣人吗？当我们为烈日曝晒而心疼那个孩子，难道他的母亲不痛心吗？

遇到有孩子的，我们多买一串玉兰花吧！不要问什么理由。

我是这样深信：站在街头的这群沉默卖花的人，他们如果有更好的事做，是绝对不会到街上来卖花的。

设身处地地为苦恼的人着想，平等地对待他们，这就是"随顺"，我们顺着人的苦难来满他们的愿，用更大的慈悲和心情让他们不要在窗口空手离去，那不是说我们微薄的钱真能带给卖花的人什么利益，而是说我们因有这慈爱的随顺，使我们的心更澄澈、更柔软，洗涤了我们的污秽。

"一切众生而为树根，诸佛菩萨而为华果，以大悲水饶益众生，则能成就诸佛菩萨智慧华果。"

我买玉兰花的时候，感觉上，是买一瓣心香。

随缘

有一位朋友，她养了一条土狗，狗的左后脚因被车子辗过，成了瘸子。

朋友是在街边看到这条小狗的，那时小狗又脏又臭，在垃圾堆里捡拾食物，朋友是个慈悲的人，就把它捡了回来，按照北方习俗，名字越俗贱的孩子越容易养，朋友就把那条小狗正式命名为"小瘸子"。

小瘸子原是人见人恶的街狗，到朋友家以后就显露出它如金玉的一些美质。它原来是一条温柔、听话、干净、善解人意的小狗，只是因为生活在垃圾堆，它的美丽一直未被发现吧。它的外表除了有一点土，其实也是不错的，它的瘸，到后来反而是惹人喜爱的一个特点，因为它不像平凡的狗乱纵乱跳；倒像一个温驯的孩子，总是优雅地跟随它美丽的女主人散步。

朋友对待小瘸子也像对待孩子一般，爱护有加，由于她对一条瘸狗的疼爱，在街间中的孩子都唤她："小瘸子的妈妈。"

小瘸子的妈妈爱狗，不仅孩子知道，连狗们也知道，她有时在外面散步，巷子里的狗都跑来跟随她，并且用力地摇尾巴，到后来竟成为一种极为特殊的景观。

小瘸子慢慢长大，成为人见人爱的狗，天天都有孩子专程跑来带它去玩，天黑的时候再带回来，由于爱心，小瘸子竟成为巷子里最得宠的狗，任何名种狗都不能和它相比。也因为它的得宠，有人以为它身价不凡，一天夜里，小瘸子被抱走了，朋友和她的小女儿伤心得就像失去一个孩子。巷子里的孩子也惘然失去最好的玩伴。

两年以后，朋友在永和一家小面摊子上认到了小瘸子，它又回复在垃圾堆的日子，守候在桌旁捡拾人们吃剩的肉骨。

小瘸子立即认出它的旧主人，人狗相见，忍不住相对落泪，那小瘸子流下的眼泪竟滴到地上。

朋友把小瘸子带回家，整条巷子因为小瘸子的回家而充满了喜庆的气息，这两年间小瘸子的遭遇是不问可知的，一定受过不少折磨，但它回家后又恢复了往日的神采。过不久，小瘸子生了一窝小狗，生下的那天就全被预约，被巷子里，甚至远道来的孩子所领养。

做过母亲的小瘸子比以前更乖巧而安静了，有一次我和朋友去买花，它静静跟在后面，不肯回家，朋友对它说了许多哄小孩一样的话，它才脉脉含情地转身离去。从那一次以后，我再也没有看过小瘸子了，它是被偷走了呢？还是自己离家而去？或是被捕狗队的人所逮捕？没有人知道。

朋友当然非常伤心，却不知道在什么时候什么地点可以再与小瘸子会面。朋友与小瘸子的缘分是怎么来的呢？是随着前世的因缘，或是开始在今生的会面？

一切都未可知。

但我的朋友坚信有一天能与小瘸子再度相逢，她美丽的眼睛望着远方说："人家都说随缘，我相信缘是随愿而生的，有愿就会有缘，没有愿望，就是有缘的人也会错身而过。"

飞入芒花

母亲蹲在厨房的大灶旁边，手里拿着柴刀，用力劈砍香蕉树多汁的草茎，然后把剁碎的小茎丢到灶中大锅，与馊水同熬，准备去喂猪。

我从大厅迈过后院，跑进厨房时正看到母亲额上的汗水反射着门口射进的微光，非常明亮。

"妈，给我两角。"我靠在厨房的木板门上说。

"走！走！走！没看到没闲吗？"母亲头也没抬，继续做她的活儿。

"我只要两角钱。"我细声但坚定地说。

"要做什么？"母亲被我这异乎寻常的口气触动，终于看了我一眼。

"我要去买金唉。"金唉是三十年前乡下孩子唯一能吃到的糖，浑圆的，坚硬糖球上粘了一些糖粒。一角钱两粒。

"没有钱给你买金唉。"母亲用力地把柴刀跺下去。

"别人都有？为什么我们没有？"我怨愤地说。

"别人是别人，我们是我们，没有就是没有，别人做皇帝，你怎么不去做皇帝！"母亲显然动了肝火，用力地剁香蕉块，柴刀砍在砧板上咚咚作响。

"做妈妈是怎么做的？连两角钱买金啖都没有？"

母亲不再作声，继续默默工作。

我那一天是吃了秤锤铁了心，冲口而出："不管，我一定要！"说着就用力踢厨房的门板。

母亲用尽力气，柴刀咔的一声站立在砧板上，顺手抄起一根生火竹管，气急败坏地一言不发，劈头劈脑就打了下来。

我一转身，飞也似地蹦了出去，平常，我们一旦忤逆了母亲，只要一溜烟跑掉，她就不再追究，所以只要母亲一火，我们总是一口气跑出去了。

那一天，母亲大概是气极了，并没有转头继续工作，反而快速地追了出来。我正好奇的时候，发现母亲的速度异乎寻常的快，几乎像一阵风一样，我心里升起一种恐怖的感觉，想到脾气一向很好的母亲，这一次大概是真生气了，万一被抓到一定会被狠狠打一顿。母亲很少打我们，但只要她动了手，必然会把我们打到讨饶为止。

边跑边想，我立即选择了那条火车路的小径，那是家附近比较复杂而难走的小路，整条都是枕木，铁轨还通过旗尾溪，悬空架在上面，我们天天都在这里玩耍，路径熟悉，通常母亲追我们的时候，我们就选这条路跑，母亲往往不会追来，而她也很少把气生到晚上，只要晚一点回家，让她担心一下，她气就消了，顶多也只是数落一顿。

那一天真是反常极了，母亲提着竹管，快步地跨过铁轨的枕木追过来，好像不追到我不肯罢休。我心里虽然害怕，却还是有恃无恐，因为我的身高已经长得快与母亲平行了，她即使尽全力也追不上我，何况是在火车路上。

我边跑还边回头望母亲，母亲脸上的表情是冷漠而坚决的，我们一直维持着二十几公尺的距离。

"唉唷！"我跑过铁桥时，突然听到母亲惨叫一声，一回头，正好看到母亲扑跌在铁轨上面，噗的一声，显然跌得不轻。

我的第一个反应，一定很痛！因为铁轨上铺的都是不规则的石子，我们这些小骨头跌倒都痛得半死，何况是妈妈？

我停下来，转身看母亲，她一时爬不起来，用力搓着膝盖，我看到鲜血从她的膝上汩汩流出，鲜红色的，非常鲜明。母亲咬着牙看我。

我不假思索地跑回去，跑到母亲身边，用力扶她站起来，看到她腿上的伤势实在不轻，我跪下去说："妈，您打我吧！我错了。"

母亲把竹管用力地丢在地上，这时，我才看见她的泪从眼中急速的流出，然后她把我拉起来，用力抱着我，我听到火车从很远的地方开过来。

我用力拥抱着母亲说："我以后再也不敢了。"

这是我小学二年级时的一幕，每次一想到母亲，那情景就立即回到我的心版，重新显影。我记忆中的母亲，那是她最生气的一次。其实母亲是个很温和的人，最不同的一点是，她从来不埋怨生活，很可能她心里是埋怨的，但她嘴里从不说出，我这辈子也没听她说过一句粗野的话。

因此，母亲是比较倾向于沉默的，她不像一般乡下的妇人喋喋不休。这可能与她的教育和个性有关系。在母亲的那个年代，她算是幸运的，因为受到初中的教育，日据时代的乡间能读到初中已算是知识分子，何况是个女子。在我们那方圆几里内，母亲算是知识丰富的人，而且她写得一手娟秀的字，这一点是小时候引以为傲的。

我的基础教育来自母亲，很小时候她就把《三字经》写在日历纸上让我背诵，并且教我习字。我如今写得一手好字就是受到她的影响，她常说："别人从你的字里就可以看出你的为人和性格了。"

早期的农村里，一般孩子的教育都落在母亲的身上，因为孩子多，父亲光是养家已经没有余力教育孩子。我们很幸运的，有一位明理的、有知识的母亲。这一点，我的姐妹体会得更深刻，她考上大学的时候，母亲力排众议对父亲说"再苦也要让她把大学读完。"在二十年前的乡间，给女孩子去读大学是需要很大的决心与勇气的。

母亲的父亲——我的外祖父——在他居住的乡里是颇受敬重的士绅，日据时代在政府机构任职，又兼营农事，是典型耕读传家的知识分子，他连续拥有了八个男孩，晚年才生下母亲，因此，母亲的童年与少女时代格外受到钟爱，我的八个舅舅时常开玩笑地说："我们八个兄弟合起来，还比不上你母亲受宠爱。"

母亲嫁给父亲是"半自由恋爱"，由于祖父有一块田地在外祖父家旁，父亲常到那里去耕作，有时借故到外祖父家歇脚喝水，就与母亲相识，互相间谈几句，生起一些情意，后来祖父央媒人去提亲，外祖父见父亲老实可靠，勤劳能负责任，就答应了。

父亲提起当年为了博取外祖父母和舅舅们的好感，时常挑着两百多公斤的农作物在母校家前来回走过，才能顺利娶回母亲。

其实，父亲与母亲在身材上不是十分相配的，父亲是身高一米八的巨汉，母亲的身高只有一米五，相差达三十公分。我家有一幅他们的结婚照，母亲站着到父亲耳际，大家都觉得奇怪，问起来，才知道宽大的婚纱礼服里放了一个圆凳子。

母亲是嫁到我们家才开始吃苦的，我们家的田原广大，食指浩繁，是当地少数的大家族。母亲嫁给父亲的头几年，大伯父二伯父相继过世，家外的事全由父亲撑持，家内的事则由二伯母和母亲负担，一家三十几口衣食，加上养猪饲鸡，辛苦与忙碌可以想见。

我印象里还有几幕影像鲜明的静照，一幕是母亲以蓝底红花背巾背着我最小的弟弟，用力撑着猪栏要到猪圈里去洗刷猪的粪便。那时母亲连续生了我们六个兄弟姐妹，家事操劳，身体十分瘦弱。我小学一年级，幺弟一岁，我常在母亲身边跟进跟出，那一次见她用力撑着跨过猪圈，我第一次体会到母亲的辛苦而落下泪来，如今那条蓝底红花背巾的图案还时常浮现出来。

另一幕是，有时候家里缺乏青菜，母亲会牵着我的手，穿过家前的一片芒花，到番薯田里去采番薯叶，有时候到溪畔野地去摘鸟莘菜或芋头的嫩茎。有一次母亲和我穿过芒花的时候，我发现她和新开的芒花一般高。芒花雪样的白，母亲的发墨一般的黑，真是非常的美。那时感觉到能让母亲牵着手，真是天下最幸福的事。

还有一幕是，大弟因小儿麻痹死去的时候，我们都忍不住大声哭泣，唯有母亲以双手掩面悲号，我完全看不见她的表情，只见到她的两道眉毛一直在那里抽动。依照习俗，死了孩子的父母在孩子出殡那天，要用拐杖击打棺木，以责备孩子的不孝，但是母亲坚持不用拐杖，她只是扶着弟弟的棺木，默默地流泪，母亲那时的样子，到现在在我心中还鲜明如昔。

还有一幕经常上演的，是父亲到外面去喝酒彻夜未归，如果是夏日的夜晚，母亲就会搬着藤椅坐在晒谷场说故事给我们听，讲虎姑婆，或者孙悟空，讲到孩子都睁不开眼睛而倒在地上睡着。

有一回，她说故事到一半，突然叫起来说："呀！真美。"我们回过头去，原来是我们家的狗互相追逐跑进前面那一片芒花，栖在芒花里无数的萤火虫哗然飞起，满天星星点点，衬着在月光下波浪一样摇曳的芒花，真是美极了。美得让我们都呆住了，我再回头，看到那时才三十岁的母亲，脸上流露着欣悦的光泽，在星空下，我深深觉得母亲是多么的美丽，只有那时母亲的美才配得上满天的萤火。

于是那一夜，我们坐在母亲的身侧，看萤火虫一一地飞入芒花，最后，只剩下一片宁静优雅的芒花轻轻摇动，父亲果然未归，远处的山头晨曦微微升起，萤火在芒花中消失。

我和母亲的因缘也不可思议，她生我的那天，父亲急急跑出去请产婆来接生，产婆还没有来的时候我就生出了，是母亲拿起床头的剪刀亲手剪断我的脐带，使我顺利地投生到这个世界。

年幼的时候，我是最令母亲操心的一个，她为我的病弱不知道流了多少泪，在我急病的时候，她抱着我跑十几里路去看医生，是常有的事，尤其在大弟死后，她对我的照顾更是无微不至，我今天能有很棒的身体，是母亲在十几年间仔细调护的结果。

我的母亲是这个世界上无数的平凡人之一，却也是这个世界上无数伟大的母亲之一，她是那样传统，有着强大的韧力与耐力，才能从艰苦的农村生活过来，不丝毫怀忧怨恨，她们那一代的生活目标非常的单纯，只是顾着丈夫、照护儿女，几乎从没有想过自己的存在，在我的记忆中，母亲的忧病都是因我们而起，她的快乐也是因我们而起。

不久前，我回到乡下，看到旧家前的那一片芒花已经完全不见了，盖起一间一间的透天厝，现在那些芒花呢？仿佛都飞来开在母亲的头上，母亲的头发已经花白了，我想起母亲年轻时候走过芒花的黑发，不禁百感交集。尤其是父亲过世以后，母亲显得更孤单了，头发也更白了，这些，都是她把半生的青春拿来抚育我们的代价。

童年时代，陪伴母亲看萤火虫飞入芒花的星星点点，在时空无常的流变里也不再有了，只有当我望见母亲的白发时才想起这些，想起萤火虫如何从芒花中哗然飞起，想起母亲脸上突然绽放的光泽，想起在这广大的人间，我唯一的母亲。

在微细的爱里

苏东坡有一首五言诗，我非常喜欢：

> 钩帘归乳燕，穴牖出痴蝇；
> 爱鼠常留饭，怜蛾不点灯。

对才华盖世的苏东坡来说，这算是他最简单的诗，一点也不稀奇，但是读到这首诗时，却使我的心深深颤动，因为隐在这简单诗句背后的是一颗伟大细致的心灵。

钩着不敢放下的窗帘，是为了让乳燕能归来，看到冲撞窗户的愚痴的苍蝇，赶紧打开窗门让它出去吧！

担心家里的老鼠没有东西吃，时常为它们留一点饭菜。夜里不点灯，是爱惜飞蛾的生命呀！

诗人那时代的生活我们已经不再有了，因为我们家里不再有乳燕、痴蝇、老鼠和飞蛾了，但是诗人的情境我们却能体会，他用一种非常微细的爱来观照万物，在他的眼里，看见了乳燕回巢的欢喜，看见了痴蝇被困的着急，看见了老鼠觅食的心情，也看见了飞蛾无知扑火的痛苦，这是多么动人的心境呢？我们有很多人，对施恩给我们的还不知感念，对于苦痛生活在我们身边的人吝于给予，甚至对于人间的欢喜悲辛一无所知，当然也不能体会其他众生的心情。比起这首诗，我们是多么粗鄙呀！

不能进入微细的爱里的人，不只是粗鄙，他也一定不能品味比较高层次的心灵之爱，他只能过着平凡单调的日子，而无法在生命中找到一些非凡之美。

我们如果光是对人有情爱，有关怀，不知道日落月升也有呼吸，不知道虫蚁鸟兽也有欢歌与哀伤，不知道云里风里也有远方的消息，不知道路边走过的每一只狗都有乞求或怨怨的眼神，甚至不知道无声里也有千言万语……那么我们就不能成为一个圆满的人。

我想起一首杜牧的诗，可以和苏轼这首诗相配，他这样写着：

已落双雕血尚新，鸣鞭走马又翻身；
凭君莫射南来雁，恐有家书寄远人。

谦卑心

1

谦卑比慈悲更难。

慈悲是把众生当成自己的子女，从心底生起自然的慈爱与关怀。

谦卑是把众生当成自己的父母，从心底生起自然的尊崇与敬爱。

我们知道，无条件地爱子女是容易的，无条件地敬父母则很少人可以做到。

所以，谦卑比慈悲更难。

2

通常，我们对身份地位权势比我们高的人，容易生起谦卑之念，不易生起悲悯的心。

反而，我们对身份地位权势比我们低的人，容易生起悲悯之念，不易生起谦卑的心。

这是我们的我执未破，在人中有了高低。

修行的人应该训练自己，对众人敬畏位高权重的人，发起悲悯；对地位卑微生活困顿的人，生起谦卑。

有名利地位的人不是也很值得同情悲悯吗？

没有名利地位的人不是也很值得感恩尊敬吗？

对富贵豪强的人悲悯很难，对贫贱残弱者的谦卑更难。

3

悲悯使我们心胸宽广，善于包容；谦卑令我们人格高洁，善于感恩。

慈悲是由感恩而生的，感恩则源于真正的谦卑，骄傲的人是不懂得感恩的，而由于感恩，我们才可以无憾地喜舍。这是四无量心慈、悲、喜、舍的发起，谦卑的感恩是其中的要素。

有一位伟大的噶丹巴上师教导我们，思考某些因果关系，来发展我们的四无量心，这思考的方法是：

我必须成佛，是第一要务。

我必须发菩提心，这是成佛的因。

悲是发菩提心的因。

慈是悲的因。

受恩不忘是慈的因。

体认众生皆我父母，这个事实是不忘恩的因。

我必须体认这一点！

首先，我必须念念不忘今世母亲的恩，而观想慈。

然后，我必须扩大这种态度，以包括所有还活着的众生。

透过这种思考，我们可以愉快地观想，不断地念：

当我愉快时，

愿我的功德流入他人！

愿众生的福泽充满天空！

当我不愉快时，

愿众生的烦恼都变成我的！

愿苦海干涸！

我们的观想可以得到真实的谦卑，谦卑乃是感恩，感恩乃是慈悲，慈悲乃是菩提！

4

谦卑就是谦虚，还有卑微。

谦虚要如广大的天空，有蔚蓝的颜色，能容受风云日月，不会被雷电乌云遮蔽，而失去其光明。

卑微要如无边的大地，有翠绿的光泽，能承担雨露花树，不会被污秽垃圾沉埋，而失去其生机。

谦虚的天空不会因破坏而嗔恨，卑微的大地不致因践踏而委屈。

永远不生起嗔恨、不感到委屈，是真实的谦卑。

5

我一向不愿穿戴昂贵的服饰，不愿拥有名牌，因为深感自己没有那样名贵。

我一向不喜出入西装革履、衣香鬓影的场合，因为深感自己没有那样高级。

我要谦虚卑微一如山上的一株野草。

谦卑的野草是自在地生活于大地，但野草也有高贵的自尊，顺着野草的方向看去，俯视这红尘大地，会看见名贵高级的人住在拥挤的大楼，只有一个小的窗口。

我不要人人都看见我，但我要有自己的尊严。

6

一株野草、一朵小花都是没有执着的。

它们不会比较自己是不是比别的花草美丽，它们不会因为自己要开放就禁止别人开放。

它们不取笑外面的世界，也不在意世界的嘲讽。

谦卑的心是宛如野草小花的心。

7

宋朝的高僧佛果禅师，在担任舒州太平寺住持时，他的师父五祖法演给了他四个戒律：

一、势不可使尽——势若用尽，祸一定来。

二、福不可受尽——福若受尽，缘分必断。

三、规矩不可行尽——若将规矩行尽，会予人麻烦。

四、好话不可说尽——好话若说尽，则流于平淡。

这四戒比"过犹不及"还深奥，它的意思是"永远保持不及"，不及就是谦卑的态度。

高傲的人常表现出"大愚若智"，谦卑的人则是"大智若愚"。

8

南泉普愿禅师将圆寂的时候，首座弟子问道："师父百年后，向什么处去？"

他说："山下作一头水牯牛去。"

弟子说："我随师父一起去。"

禅师说："你如果想随我去，必须衔一茎草来。"

在举世滔滔求净土的时代，愿做一头山下的水牛，这是真正的谦卑。

9

释迦牟尼佛在行菩萨道时，曾在街上对他见到的每一个众生礼拜，即使被喝骂棒打也不停止，只因为他相信众生都是未来佛，众生都可以成佛。

我们做不到那样，但至少可以在心里做到对每一众生尊敬顶礼，做到印光大师说的："看人人都是菩萨，只有我是凡夫。"

是的，只有我是凡夫，切记。

10

我愿，常起感恩之念。

我愿，常生谦卑之心。

我愿，我的谦卑永远向天空与大地学习。

海上的消息

在渔港的公园遇见一位老人，一边下棋，一边戴耳机随身听，使我感到好奇。

与老人对弈的另一位老人告诉我，那老人正在收听海上的消息，了解风浪几级、阵风几级、风向如何等，因为老人的儿孙正在远方的海上捕鱼；而在更远的地方，一个台风正在形成。

看着老人专注听风浪的神情，我深深地感动了，想想父母对待儿女，虽然儿女像风筝远扬了，父母的心总还绑在线上，在风中摇荡。

从前，我听收音机不小心收到渔业气象，总是立刻转台，不觉得那有什么意义，现在才知道光是风浪几级，里面也有非常深刻的意义。

离开老人的渔港很多年了，这些年偶尔路过渔港，就会浮起老人的脸；偶尔收听到渔业气象，我会静心地听，想起老人那专注、充满关怀与爱的神情。

我多么想把老人的脸容与神情描写给人知道，可惜的是，充满爱的脸是文字所难以形容的。爱，只能体会，难以描绘。

血的桑椹

在遥远的梦一般的巴比伦城，隔着一道墙住着匹勒姆斯和西丝比，匹勒姆斯是全城最英俊的少年，西丝比则是全城最美丽的少女。

隔着古希腊那高大而坚固的石墙，他们一起长大，并且只是对望一眼就互相深深牵动对方的心，他们的爱在墙的两边燃烧。可惜，他们的爱却遭到双方父母的反对，使他们站在墙边的时候都感到心碎。

但热恋中的男女总是有方法传递他们的讯息，匹勒姆斯与西丝比共同在那道隔开两家的墙上找到一丝裂缝，那条裂缝小到从来没有被人发现，甚至伸不进一根小指头。可是对匹勒姆斯与西丝比已经足够让他们倾诉深切的爱，并传达流动着深情的眼神。

他们每天在裂缝边谈心，一直到黄昏日落，一直到夜晚来临不得不分开的时候，才互相紧贴着墙，仿佛互相热烈地拥抱，并投以无法触及对方嘴唇的深吻。

每一个清晨，就是微曦刚刚驱走了天上的星星，露珠还沾在园中的草尖，匹勒姆斯与西丝比就偷偷来到裂缝旁边，倚着那一道隔阻他们的厚墙，低声吐露难以抑压的爱意，并痛苦地为悲惨的命运痛哭。

有时候，他们互视着含泪的眼睛，一句话也说不出来。这样过了一段时间以后，他们终于决定逃离命运的安排，希望能逃到一个让他们自由相爱的地方。于是，他们相约当天晚上离家出走，偷偷出城，逃到城外树林墓地里一株长满雪白浆果的桑树下相会。

他们终于等到了夜晚，西丝比在夜色的掩护下逃出家里的庄园，她独自向郊外的树林走去。她虽然是从未在夜晚离家的千金小姐，但在黑路里走着却一点也不害怕，那是由于爱情的力量；她渴望着和匹勒姆斯相会，使她完全忘记了恐惧。

很快的，西丝比就来到了墓地，站在长满雪白色浆果的桑树下，这一棵高大的桑树在夜色中是多么柔美，微风一吹，每一片树叶都仿佛是歌唱着一般。而月光里的桑椹果格外的洁白，如同天空中照耀的星星。西丝比看着桑果，温柔而充满信心地等待匹勒姆斯，因为就在那一天的清晨，他们曾在墙隙中相互起誓，不管多么困难，都要在桑树下相会，若不相见，至死不散。

正当西丝比沉醉在爱情的幻想里，她看到从很远的地方走来一只狮子，那只狮子显然刚刚狙杀了一只动物，下巴还挂着正在滴落的鲜血，它似乎要到不远处去饮泉水解渴。看到狮子，西丝比惊惶地逃走了，她来得太仓促，遗落了披在身上的斗篷。

喝完泉水的狮子要回去时路过桑树，看到落在地上犹温的斗篷，把它撕成粉碎，才大摇大摆地走入深林。

狮子走了才几分钟，匹勒姆斯来到桑树下，正为见不到西丝比而着急，转头却看见落了满地的斗篷碎片，上面还沾了斑斑血迹，地上还留着狮子清晰的脚印。他忍不住痛哭起来，因为他意识到西丝比已被凶猛的野兽所噬。他转而痛恨自己，因为他没有先她抵达，才使她丧失了性命，他依在桑树干上流泪，并且责备自己："是我杀了你！是我杀了你！"

　　他从地上拾起斗篷碎片，深情地吻着，他抬起头来望向满树的雪白浆果说："你将染上我的鲜血。"于是，他拔出剑来刺向自己的心窝，鲜血向上喷射，顿时把所有的浆果都染成血一样鲜红的颜色。

　　匹勒姆斯缓缓地倒在地上，脸上还挂着悔恨的泪珠，死去了。

　　逃到了远处的西丝比，她固然害怕狮子，却更怕失去爱人，就大着胆子冒险回到桑树下，站在树下时，她非常奇怪那些如星星洁白闪耀的果子不见了，她惊疑地四下搜寻，发现地上有一堆黑影，定神一看，才知道是匹勒姆斯躺在血泊里，她扑上去搂抱他，亲吻他冰冷的嘴唇，声嘶力竭地说，"醒来呀！亲爱的！是我呀，你的西丝比，你最亲爱的西丝比。"已经死去的匹勒姆斯的眼睛突然张开，望了她一眼，眼中流泪、出血，又合了起来，这一次，死神完完全全把他带走了。

　　西丝比看见他手中滑落的剑，以及另一只手握着沾满血迹的斗篷碎片，心里就明白了发生过的事。

　　她流着泪说："是你对我的挚爱杀了你，我也有为你而死的挚爱，在这个世界上，即使死神也没有力量把我们分开。"于是，她用那把还沾着爱人血迹的剑，刺进自己的心窝，鲜血喷射到已经被染红的桑椹，桑果更鲜红了，红得犹如要滴出血来。

从那个时候开始，全世界的桑椹全部变成红色，仿佛是在纪念匹勒姆斯与西丝比的爱情，也成为真心相爱的人永恒的标志。

这是一个多么动人的爱情故事，原典出自希腊神话，我做了一些改写。

匹勒姆斯与西丝比的故事，可以说是"希腊悲剧"的原型，后来西方的许多悲剧，例如罗密欧与茱丽叶、维特与夏绿蒂等，都是从这个原型发展出来的。虽然有无数的文学家用想象力与优美的文采，丰富了许多爱情故事，但这原型的故事并未失去其动人的力量。

我在十八岁时第一次读《匹勒姆斯与西丝比》就深受感动，当时在乡下，我家的后院里就有两棵高大的桑树正结出红得像血一样的浆果，从窗子望出去，就浮现出匹勒姆斯和西丝比倒地的一幕，血，有如满天的雨，洒在桑椹上，格外给人一种苍凉的感觉。

我们当然知道，染血的桑椹无非是希腊古代文学家的幻想，可是桑椹也真的像血一样。桑椹可能是世界上最脆弱的水果，采的时候一定要小心翼翼，否则立即破皮流"血"。它几乎也很难带去市场出售，因为只要很短的时间，它的"血浆"就会自动流出。

桑椹是非常甜的水果，熟透的桑椹是接近紫色的，甜得像蜜一样。但我们通常难得等到它成为紫色，总是鲜红的时候就摘下来，洗净，拌一点糖，吃起来甜中微带着流动的酸味，那滋味应该像是匹勒姆斯和西丝比隔着围墙相望一般。

年幼的时候吃桑椹，并没有特别的印象，自从读了这一则神话，桑椹的生命就活了起来，红色的桑椹因此充满了爱与美、酸楚与苦痛的联想，那见证了爱之心灵不朽的桑椹，也给了我们对永恒之爱的向往。

可叹的是，爱的真实里，悲剧的原型仍然是最普遍的。在这样的悲剧里，巴比伦城郊外的那一颗桑树，除了见证了爱的不朽，还见证了什么呢？

可以说它是看到了因缘的无常。所有的爱情悲剧都是因缘的变迁和错失所造成的。它也没有一定的面目。在围墙的缝隙中，爱的心灵也可以茁壮长大，至于是不是结果，就要看在广大的桑树下有没有相会的因缘了。

一对情侣能不能在一起，往往要经过长久的考验，那考验有如一头凶猛的犹带着血迹的狮子，它不一定能伤害到爱情的本质，却往往使爱情走了岔路。

当我们看到西丝比到桑树下几分钟，狮子来了。狮子走了几分钟，匹勒姆斯来了。匹勒姆斯倒下几分钟，西丝比来了……这正是爱情因缘的"错谬性"，看到一步一步推进悲剧的深渊，即使是桑树也会为之泣血。

像匹勒姆斯与西丝比那样惨烈的经验可能是少见的，不过，一般人到了中年，如果回想自己遭遇的爱情悲剧，就有如发生在桑树下那神话一样的错谬，往往只要几分钟的时间，可能一个人的生命的历史就要重写。也许有人觉得不然，但一个人的被见离、被遗弃，往往是一念之间的事，比几分钟快得多，有一些悲剧的发生直是急如闪电的。

一位朋友向我描述一对恋人逃难的情况，男的最后一瞬间挤到火车顶上，正伸手要把女的拉上来，火车开了，两人牵着的手硬生生被拉开，男的没有勇气跳下去，女的也上不来，车上车下掩面痛哭。我的朋友当年看到这样的场面，忍不住落泪。

这要怪谁呢？怪男的也不是，怪女的也不是。怪火车吗？谁叫他们不早一分钟到呢？怪时代吗？在最混乱的时代也有人团圆，在最安静的时代也有人仳离呀！要怪，只能怪无常，怪因缘。其实，千辛万苦热恋结合的伴侣，终生幸福的，又有几人呢？

如此说来，匹勒姆斯与西丝比当下的殉情倒还是幸福的，因为他们证明了不在错谬下屈服，要为爱情抗争到底，连死神都不能使他们分开，他们死时至少是心甘情愿的，充满了爱的。人死了，爱情不死，总比爱情死了，人还活着更有动人的质地。

在这个动人的传奇里，最使我震撼的不是匹勒姆斯或西丝比，而是那一棵桑树，桑虽无情，却有永恒的怀抱，要让世人看见桑树时，知道人间有一些爱的心灵不死。

几天前，有人送我一盒桑椹，带着血色的，在夕阳下吃的时候，又使我想起在遥远的巴比伦城郊外，那一棵雪白浆果的桑树——"你将染满我的鲜血"，空中有一个声音这样说。从此，世界上的桑树浆果全从白色变成红色，成为真心相爱的人永恒的标志。

在梦的远方

有时候回想起来，我母亲对我们的期待，并不像父亲那样明显而长远。小时候我的身体差、毛病多，母亲对我的期望大概只有一个，就是祈求我的健康，为了让我平安长大，母亲常背着我走很远的路去看医生，所以我童年时代对母亲留下的第一印象，就是趴在她的背上，去看医生。

我不只是身体差，还常常发生意外，三岁的时候，我偷喝汽水，没想到汽水瓶里装的是"番仔油"（夜里点灯用的臭油），喝了一口顿时两眼翻白，口吐白沫，昏死过去了。母亲立即抱着我以百米的速度到街上去找医生，那天是大年初二，医生全休假去了，母亲急得满眼泪，却毫无办法。

"好不容易在最后一家医生馆找到医生，他打了两个生鸡蛋给你吞下去，又有了呼吸，眼睛也张开了，直到你张开眼睛，我也在医院昏了过去了。"母亲一直到现在，每次提到我喝番仔油，还心有余悸，好像捡回一个儿子。听说那一天她为了抱我看医生，跑了将近十公里。

四岁那一年，我从桌子上跳下时跌倒，撞到母亲的缝纫机铁脚，后脑壳整个撞裂了，母亲正在厨房里煮饭。我自己挣扎站起来叫母亲，母亲从厨房跑出来。

"那时，你从头到脚，全身是血，我看到第一眼，浮起心头的一个念头是：这个囡仔无救了。幸好你爸爸在家，坐他的脚踏车去医院，我抱你坐在后座，一手捏住脖子上的血管，到医院时我也全身是血，立即推进手术房，推出来时你叫了一声妈妈，呀！呀！我的囡仔活了，我的囡仔回来了……我那时才感谢得流下泪来。"母亲说这段时，喜欢把我的头发撩起，看我的耳后，那里有一道二十公分长的疤痕，像蜈蚣盘踞着，听说我摔了那一次，聪明了不少。

由于我体弱，母亲只要听到什么补药或草药吃了可以使孩子身体好，就会不远千里去求药方，抓药来给我补身体，可能是补得太厉害，我六岁的时候竟得了疝气，时常痛得在地上打滚，哭得死去活来。

"那一阵子，只要听说哪里有先生、有好药，都要跑去看，足足看了两年，什么医生都看过了，什么药都吃了，就是好不了。有一天一个你爸爸的朋友来，说开刀可以治疝气，虽然我们对西医没信心，还是送去开刀了，开一刀，一个星期就好了。早知道这样，两年前送你去开刀，不必吃那么多的苦。"母亲说吃那么多的苦，当然是指我而言，因为她们那时代的妈妈，是从来不会想到自己的苦。

过了一年，我的大弟得小儿麻痹，一星期就过世了，这对母亲是个严重的打击，由于我和大弟年龄最近，她差不多把所有的爱都转到我的身上，对我的照顾可以说是无微不至，并且在那几年，对我特别溺爱。

例如，那时候家里穷，吃鸡蛋不像现在的小孩可以吃一个，而是一个鸡蛋要切成"四洲"（就是四片）。母亲切白煮鸡蛋有特别方法，她不用刀子，而是用车衣服的白棉线，往往可以切到四片同样大，然后像宝贝一样分给我们，每次吃鸡蛋，她常背地里多给我一片。有时候很不容易吃苹果，一个苹果切十二片，她也会给我两片。有斩鸡，她总会留一碗鸡汤给我。

可能是母亲的照顾周到，我的身体竟然奇迹似的好起来，变得非常健康，常常两三年都不生病，功课也变得十分好，很少读到第二名，我母亲常说："你小时候读了第二名，自己就跑到香蕉园躲起来哭，要哭到天黑才回家，真是死脑筋，第二名不是很好了吗？"

但身体好、功课好，母亲并不是就没有烦恼，那时我个性古怪，很少和别的小朋友玩在一起，都是自己一个人玩，有时自己玩一整天，自言自语，即使是玩杀刀，也时常一人扮两角，一正一邪互相对打，而且常不小心让匪徒打败了警察，然后自己蹲在田岸上哭。幸好那时候心理医生没有现在发达，否则我一定早被送去了。

"那时庄稼囝仔很少像你这样独来独往的，满脑子不知在想什么，有一次我看你坐在田岸上发呆，我就坐在后面看你，那样看了一下午，后来我忍不住流泪，心想：这个孤怪囝仔，长大后不知要给我们变出什么出头，就是这个念头也让我伤心不已。后来天黑，你从外面回来，我问你：'你一个人坐在田岸上想什么？'你说'我在等煮饭花开，等到花开我就回来了。'这真是奇怪，我养一手孩子，从来没有一个坐着等花开的。"母亲回忆着我童年一个片段，煮饭花就是紫茉莉，总是在黄昏时盛开，我第一次听到它是黄昏开时不相信，就坐一下午等它开。

不过，母亲的担心没有太久，因为不久有一个江湖术士到我们镇上，母亲先拿大弟的八字给他排，他一排完就说："这个孩子已经不在世上了，可惜是个大富大贵的命，如果给一个有权势的人做儿子，就不会夭折了。"母亲听了大为佩服，就拿我的八字去算，算命的说："这孩子小时候有点怪，不过，长大会做官，至少做到省议员。"母亲听了大为安心，当时在乡下做个省议员是很了不起的事，从此她对我的古怪不再介意，遇到有人对她说我个性怪异，她总是说："小时候怪一点没什么要紧。"

偏偏在这个时候，我恢复了正常，小学五六年级交了好多好多朋友，每天和朋友混在一起，玩一般孩子的游戏，母亲反而担心："唉呀！这个孩子做官无望了。"

我十五岁就离家到外地读书了，母亲因为会晕车，很少到我住的学校看我，我们见面的机会就少了，她常说："出去好像丢掉，回来好像捡到。"但每次我回家，她总是唯恐我在外地受苦，拼命给我吃，然后在我的背包塞满东西，我有一次回到学校，打开背包，发现里面有我们家种的香蕉、枣子；一罐奶粉、一包人参、一袋肉松；一包她炒的面茶、一串她绑的粽子，以及一罐她亲手腌渍的凤梨竹笋豆瓣酱……一些已经忘了。那时觉得东西多到可以开杂货店。

那时我住在学校，每次回家返回宿舍，和我一起的同学都说是小过年，因为母亲给我准备的东西，我一个人根本吃不完。一直到现在，我母亲还是这样，我一回家，她就把什么东西都塞进我的包包，就好像台北闹饥荒，什么都买不到一样，有一次我回到台北，发现包包特别重，打开一看，原来母亲在里面放了八罐汽水。我打电话给她，问她放那么多汽水做什么，她说："我要给你们在飞机上喝呀！"

高中毕业后，我离家愈来愈远，每次回家要出来搭车，母亲一定放下手边的工作，陪我去搭车，抢着帮我付车钱，仿佛我还是个三岁的孩子。车子要开的时候，母亲都会倚在车站的栏杆向我挥手，那时我总会看见她眼中有泪光，看了令人心碎。

要写我的母亲是写不完的，我们家五个兄弟姊妹，只有大哥侍奉母亲，其他的都高飞远飏了，但一想到母亲，好像她就站在我们身边。

这一世我觉得没有白来，因为会见了母亲，我如今想起母亲的种种因缘，也想到小时候她说的一个故事：

有两个朋友，一个叫阿呆，一个叫阿土，他们一起去旅行。

有一天来到海边，看到海中有一个岛，他们一起看着那座岛，因疲累而睡着了。夜里阿土做了一个梦，梦见对岸的岛上住了一位大富翁，在富翁的院子里有一株白茶花，白茶花树根下有一坛黄金，然后阿土的梦就醒了。

第二天，阿土把梦告诉阿呆，说完后叹一口气说："可惜只是个梦！"

阿呆听了信以为真，说："可不可以把你的梦卖给我？"阿土高兴极了，就把梦的权利卖给了阿呆。

阿呆买到梦以后就往那个岛上出发，阿土卖了梦就回家了。

到了岛上，阿呆发现果然住了一个大富翁，富翁的院子里果然种了许多茶树，他高兴极了，就留下做富翁的佣人，做了一年，只为了等待院子的茶花开。

第二年春天，茶花开了，可惜，所有的茶花都是红色，没有一株是白茶花。阿呆就在富翁家住下来，等待了一年又一年，许多年过去了，有一年的春天，院子里终于开出一棵白茶花。阿呆在白茶花树根掘下去，果然掘出一坛黄金，第二天他辞工回到故乡，成为故乡最富有的人。

卖了梦的阿土还是个穷光蛋。

这是一个日本童话，母亲常说："有很多梦是遥不可及的，但只要坚持，就可能实现。"她自己是个保守传统的乡村妇女，和一般乡村妇女没有两样，不过她鼓励我们要有梦想，并且懂得坚持，光是这一点，使我后来成为作家。作家可能没有做官好，但对母亲是个全新的经验，作为作家的母亲，她对乡人谈起我时，为我小时候的多灾多难、古灵精怪全找到了答案。

有情生

我很喜欢英国诗人布雷克的一首短诗：

> 被猎的兔每一声叫，
>
> 就撕掉脑里的一根神经；
>
> 云雀被伤在翅膀上，
>
> 一个天使止住了歌唱。

因为在短短的四句诗里，他表达了一个诗人悲天悯人的胸怀，看到被猎的兔子和受伤的云雀，诗人的心情化做兔子和云雀，然后为人生写下了警语。这首诗可以说暗暗冥合了中国佛家的思想。

在我们眼见的四周生命里（也就是佛家所言的"六道众生"），是不是真是有情的呢？中国佛家所说的"仁人爱物"是不是说明着物与人一样的有情呢？

每次我看到林中歌唱的小鸟，总为它们的快乐感动；看到天际结成人字，一路南飞的北雁，总为它们互助相持感动；看到喂饲着乳鸽的母鸽，总为它们的亲情感动；看到微雨里比翼双飞的燕子，总为它们的情爱感动。这些长着翅膀的飞禽，处处都显露了天真的情感，更不要说在地上体躯庞大、头脑发达的走兽了。

甚至，在我们身边的植物，有时也表达着一种微妙的情感，或者更确切地说是机缘和生命力；只要我们仔细观察那些在阳光雨露中快乐展开叶子的植物，感觉高大树木的精神和呼吸，体会那正含苞待放的花朵，还有在原野里随风摇动的小草，都可以让人真心地感到动容。

有时候，我又觉得怀疑，这些简单的植物可能并不真的有情，它的情是因为和人的思想联系着的；就像佛家所说的"从缘悟达"；禅宗里留下许多这样的见解，有的看到翠竹悟道，有的看到黄花悟道，有的看到夜里大风吹折松树悟道，有的看到牧牛吃草悟道，有的看到洞中大蛇吞食蛤蟆悟道，都是因无情物而观见了有情生。世尊释迦牟尼也因夜观明星悟道，留下"因星悟道，悟罢非星，不逐于物，不是无情"的精语。

我们对所有无情之物表达的情感也应该做如是观。吕洞宾有两句诗："一粒粟中藏世界，半升铛内煮山川。"原是把世界山川放在个人的有情观照里；就是性情所至，花草也为之含情脉脉的意思。正是有许多草木原是无心无情，若要能触动人的灵机则颇有余味。

我们可以意不在草木，但草木正可以寄意；我们不要叹草木无情，因草木正能反映真性。在有情者的眼中，蓝田能日暖，良玉可以生烟；朔风可以动秋草，边马也有归心；蝉噪之中林愈静，鸟鸣声里山更幽；甚至感时的花会溅泪，恨别的鸟也惊心……何况是见一草一木的性情之中呢？

常春藤

在我家巷口有一间小的木板房屋，居住着一个卖牛肉面的老人。那间木板屋可能是一座违章建筑，由于年久失修，整座木屋往南方倾斜成一个夹角，木屋处在两座大楼之间，益形破败老旧，仿佛随时随地都要倾颓散成一片片木板。

任何人路过那座木屋，都不会有心情去正视一眼，除非看到老人推着面摊出来，才知道那里原来还有人居住。

但是在那断板残瓦南边斜角的地方，却默默地生长着一株常春藤，那是我见过最美的一株，许是长久长在阴凉潮湿肥沃的土地上，常春藤简直是毫无忌惮地怒放着，它的叶片长到像荷叶一般大小，全株是透明翡翠的绿，那种绿就像朝霞照耀着远远群山的颜色。

沿着木板壁的夹角，常春藤几乎把半面墙长满了，每一株绿色的枝条因为被夹壁压着，全往后仰视，好像望天空伸出了一排厚大的手掌；除了往墙上长，它还在地面四周延伸，盖满了整个地面，近看有点像还没有开花的荷花池了。

我的家里虽然种植了许多观叶植物，我却独独偏爱木板屋后面的那片常春藤。无事的黄昏，我在附近散步，总要转折到巷口去看那棵常春藤，有时看得发痴，隔不了几天去看，就发现它完全长成不同的姿势，每个姿势都美到极点。

有几次是清晨，叶片上的露珠未干，一颗颗滚圆的随风在叶上转来转去，我再仔细地看它的叶子，每一片叶都是完整饱满的，丝毫没有一丝残缺，而且没有一点尘迹；可能正因为它长在夹角，连灰尘都不能至，更不要说小猫小狗了。我爱极了长在巷口的常春藤，总想移植到家里来种一株，几次偶然遇到老人，却不敢开口。因为它正长在老人面南的一个窗口，倘若他也像我一样珍爱他的常春藤，恐怕不肯让人剪裁。

有一回正是黄昏，我蹲在那里，看到常春藤又抽出许多新芽，正在出神之际，老人推着摊车要出门做生意，木门咿呀一声，他对着我露出了善意的微笑，我趁机说："老伯，能不能送我几株您的常春藤？"

他笑着说："好呀，你明天来，我剪几株给你。"然后我看着他的背影背着夕阳向巷子外边走去。

老人如约地送了我常春藤，不是一两株，是一大把，全是他精心挑剪过，长在墙上最嫩的一些。我欣喜地把它种在花盆里。

没想到第三天台风就来了，不但吹垮了老人的木板屋，也把一整株常春藤吹得没了影踪，只剩下一片残株败叶，老人忙着整建家屋，把原来一片绿意的地方全清扫干净，木屋也扶了正。我觉得怅然，将老人送我的一把常春藤要还给他，他只要了一株，他说："这种草的耐力强，一株就要长成一片了。"

老人的常春藤只随便一插，也并不见他施水除草，只接受阳光和雨露的滋润。我的常春藤细心地养在盆里，每天晨昏依时浇水，同样也在阳台上接受阳光和雨露。

然后我就看着两株常春藤在不同的地方生长，老人的常春藤愤怒地抽芽拔叶，我的是温柔地缓缓生长；他的芽愈抽愈长，叶子愈长愈大；我的则是芽愈来愈细，叶子愈长愈小。比来比去，总是不及。

那是去年夏天的事了。现在，老人的木板屋有一半已经被常春藤覆盖，甚至长到窗口；我的花盆里，常春藤已经好像长进宋朝的文人画里了，细细的垂覆枝叶。我们研究了半天，老人说："你的草没有泥土，它的根没有地方去，怪不得长不大。呀！还有，恐怕它对这块烂泥地有了感情呢！"

非洲红

三年前，我在一个花店里看到一株植物，茎叶全是红色的，虽是盛夏，却溢着浓浓秋意。它被种植在一个深黑色滚着白边的瓷盆里，看起来就像黑夜雪地里的红枫。卖花的小贩告诉我，那株红植物名字叫"非洲红"，是引自非洲的观叶植物。我向来极爱枫树，对这小圆叶而颜色像枫叶的"非洲红"自也爱不忍释，就买来摆在书房窗口外的阳台，每日看它在风中摇曳。"非洲红"是很奇特的植物，放在室外的时候，它的枝叶全是血一般的红；而摆在室内就慢慢地转绿，有时就变得半红半绿，在黑盆子里煞是好看。它叶子的寿命不久，隔一两月就全部落光，然后在茎的根头又一夜之间抽放出绿芽，一星期之间又是满头红叶了。使我真正感受到时光变异的快速，以及生机的运转。年深日久，它成为院子里，我非常喜爱的一株植物。

去年我搬家的时候，因为种植的盆景太多，有一大部分都送人了。新家没有院子，我只带了几盆最喜欢的花草，大部分的花草都很强韧，可以用卡车运载，只有非洲红，它的枝叶十分脆嫩，我不放心搬家工人，因此用一个木箱子把它固定装运。

没想到一搬了家，诸事待办，过了一星期安定下来以后，我才想到非洲红的木箱；原来它被原封不动地放在阳台，打开以后，发现盆子里的泥土全部干裂了，叶子全部落光，连树枝都萎缩了。我的细心反而害了一株植物，使我伤心良久，妻子安慰我说："植物的生机是很强韧的，我们再养养看，说不定能使它复活。"

我们便把非洲红放在阳光照射得到的地方，每日晨昏浇水，夜里我坐在阳台上喝茶的时候，就怜悯地望着它，并无力地祈祷它的复活。大约过了一星期左右，有一日清晨我发现，非洲红抽出碧玉一样的绿芽，含羞地默默地探触它周围的世界，我和妻子心里的高兴远胜过我们辛苦种植的郁金香开了花。

我不知道"非洲红"是不是真的来自非洲，如果是的话，经过千山万水的移植，经过花匠的栽培而被我购得，这其中确实有一种不可言说的缘分。而它经过苦旱的锻炼竟能从裂土里重生，它的生命是令人吃惊的。现在我的阳台上，非洲红长得比过去还要旺盛，每天张着红红的脸蛋享受阳光的润泽。

由非洲红，我想起中国北方的一个童话《红泉的故事》。它说在没有人烟的大山上，有一棵大枫树，每年枫叶红的秋天，它的根渗出来一股不息的红泉，只要人喝了红泉就全身温暖，脸色比桃花还要红，而那棵大枫树就站在山上，看那些女人喝过它的红泉水，它就选其中最美的女人抢去做媳妇，等到雪花一落，那个女人也就变成枫树了。这当然是一个虚构的童话，可是中国人的心目中确实认为枫树也是有灵的。枫树既然有灵，与枫树相似的非洲红又何尝不是有灵的呢？

在中国的传统里，人们认为一切物类都有生命，有灵魂，有情感，能和人做朋友，甚至恋爱和成亲了。同样的，人对物类也有这样的感应。我有一位爱兰的朋友，他的兰花如果不幸死去，他会痛哭失声，如丧亲人。我的灵魂没有那样纯洁，但是看到一棵植物的生死会使人喜悦或颓唐，恐怕是一般人都有过的经验吧！

非洲红变成我最喜欢的一株盆景，我想除了缘分，就是它在死到最绝处的时候，还能在一盆小小的土里重生。

紫茉莉

我对那些接着时序在变换着姿势，或者是在时间的转移中定时开合，或者受到外力触动而立即反应的植物，总是把持着好奇和喜悦的心情。

种在园子里的向日葵或是乡间小道边的太阳花，是什么力量让它们随着太阳转动呢？难道只是对光线的一种敏感？

像平铺在水池的睡莲，白天它摆出了最优美的姿势，为何在夜晚偏偏睡成一个害羞的球状？而昙花正好和睡莲相反，它总是要等到夜深人静的时候，才张开笑颜，放出芬芳。夜来香、桂花、七里香，总是愈黑夜之际愈能品味它们的幽香。

还有含羞草和捕虫草，它们一受到摇动，就像一个含羞的姑娘默默地颔首。还有冬虫夏草，明明冬天是一只虫，夏天却又变成一株草。

在生物书里我们都能找到解释这些植物变异的一个经过实验的理由，这些理由对我却都是不足的。我相信在冥冥中，一定有一些精神层面是我们无法找到的，在精神层面中说不定这些植物都有一颗看不见的心。

能够改变姿势和容颜的植物，和我关系最密切的是紫茉莉花。

我童年的家后面有一大片未经人工垦殖的土地，经常开着美丽的花朵，有幸运草的黄色或红色小花，有银合欢黄或白的圆形花，有各种颜色的牵牛花，秋天一到，还开满了随风摇曳的芦苇花……就在这些各种形色的花朵中，到处都夹生着紫色的小茉莉花。

紫茉莉是乡间最平凡的野花，它们整片整片地丛生着，貌不惊人，在万绿中却别有一番姿色。在乡间，紫茉莉的名字是"煮饭花"，因为它在有露珠的早晨，或者白日中天的正午，或者是星满天空的黑夜都紧紧闭着；只有一段短短的时间开放，就是在黄昏夕阳将下的时候，农家结束了一天的劳作，炊烟袅袅升起的时候，才像突然舒解了满怀心事，快乐地开放出来。

每一个农家妇女都在这个时间下厨做饭，所以它被称为"煮饭花"。

这种一二年或多年生的草本植物，生命力非常强盛，繁殖力特强，如果在野地里种一株紫茉莉，隔一年，满地都是紫茉莉花了；它的花期也很长，从春天开始一直开到秋天，因此一株紫茉莉一年可以开多少花，是任何人都数不清的。

最可惜的是，它一天只在黄昏时候盛开，但这也是它最令人喜爱的地方。曾有植物学家称它是"农业社会的计时器"，当她开放之际，乡下的孩子都知道，夕阳将要下山，天边将会飞来满空的红霞。

我幼年的时候，时常和兄弟们在屋后的荒地上玩耍，当我们看到紫茉莉一开，就知道回家吃晚饭的时间到了。母亲让我们到外面玩耍，也时常叮咛："看到煮饭花盛开，就要回家了。"我们遵守着母亲的话，经常每天看紫茉莉开花才踩着夕阳下的小路回家，巧的是，我们回到家，天就黑了。

从小，我就有点痴，弄不懂紫茉莉为什么一定要选在黄昏开，有人曾多次坐着看满地含苞待放的紫茉莉，看它如何慢慢地撑开花瓣，出来看夕阳的景色。问过母亲，她说："煮饭花是一个好玩的孩子，玩到黑夜迷了路变成的，它要告诉你们这些野孩子，不要玩到天黑才回家。"

母亲的话很美，但是我不信，我总认为紫茉莉一定和人一样是喜欢好景的，在人世间又有什么比黄昏的景色更好呢？因此它选择了黄昏。

紫茉莉是我童年里很重要的一种花卉，因此我在花盆里种了一棵，它长得很好，可惜在都市里，它恐怕因为看不见田野上黄昏的好景，几乎整日都开放着，在我盆里的紫茉莉可能经过市声的无情洗礼，已经忘记了它祖先对黄昏彩霞最好的选择了。

我每天看到自己种植的紫茉莉，都悲哀地想着，不仅是都市的人们容易遗失自己的心，连植物的心也在不知不觉中迷失了。

期待父亲的笑

父亲躺在医院的加护病房里，还殷殷地叮嘱母亲不要通知远地的我，因为他怕在台北工作的我担心他的病情。还是母亲偷偷叫弟弟来通知我，我才知道父亲住院的消息。

这是典型的父亲的个性，他是不论什么事总是先为我们着想，至于他自己，倒是很少注意。我记得在很小的时候，有一次父亲到凤山去开会，开完会他到市场去吃了一碗肉羹，觉得是很少吃到的美味，他马上想到我们，先到市场去买了一个新锅，买了一大锅肉羹回家。当时的交通不发达，车子颠颇得厉害，回到家时肉羹已冷，且溢出了许多，我们吃的时候已经没有父亲形容的那种美味。可是我吃肉羹时心血沸腾，特别感到那肉羹是人生难得，因为那里面有父亲的爱。

在外人的眼中，我的父亲是粗犷豪放的汉子，只有我们做子女的知道他心里极为细腻的一面。提肉羹回家只是一端，他不管到什么地方，有好的东西一定带回给我们，所以我童年时代，父亲每次出差回来，总是我们最高兴的时候。

"他对母亲也非常的体贴，在记忆里，父亲总是每天清早就到市场去买菜，在家用方面也从不让母亲操心。这三十年来我们家都是由父亲上菜场，一个受过日式教育的男人，能够这样内外兼顾是很少见的。

父亲是影响我最深的人。父亲的青壮年时代虽然受过不少打击和挫折，但我从来没有看过父亲忧愁的样子。他是一个永远向前的乐观主义者，再坏的环境也不皱一下眉头，这一点深深地影响了我，我的乐观与韧性大部分得自父亲的身教。父亲也是个理想主义者，这种理想主义表现在他对生活与生命的尽力，他常说："事情总有成功和失败两面，但我们总是要往成功的那个方向走。"

由于他的乐观和理想主义，使他成为一个温暖如火的人，只要有他在就没有不能解决的事，就使我们对未来充满了希望。他也是个风趣的人，再坏的情况下，他也喜欢说笑，他从来不把痛苦给人，只为别人带来笑声。

小时候，父亲常带我和哥哥到田里工作，透过这些工作，启发了我们的智慧。例如我们家种竹笋，在我没有上学之前，父亲就曾仔细地教我怎么去挖竹笋，怎么看土地的裂痕，才能挖到没有出青的竹笋。二十年后，我到行山去采访笋农，曾在竹笋田里表演了一手，使得笋农大为佩服。其实我已二十年没有挖过笋，却还记得父亲教给我的方法，可见父亲的教育对我影响多么大。

也由于是农夫，父亲从小教我们农夫的本事，并且认为什么事都应从农夫的观点出发。像我后来从事写作，刚开始的时候，父亲就常说："写作也像耕田一样，只要你天天下田，就没有不收成的。"他也常叫我不要写政治文章,他说:"不是政治性格的人去写政治文章,就像种稻子的人去种槟榔一样,不但种不好,而且常会从槟榔树上摔下来。"他常教我多写些于人有益的文章,少批评骂人,他说:"对人有益的文章是灌溉施肥,批评的文章是放火烧山;灌溉施肥是人可以控制的,放火烧山则常常失去控制,伤害生灵而不自知。"他叫我做创作者,不要做理论家,他说:"创作者是农夫,理论家是农会的人。农夫只管耕耘,农会的人则为了理论常会牺牲农夫的利益。"

父亲的话中含有至理,但他生平并没有写过一篇文章。他是用农夫的观点来看文章,每次都是一语中的,意味深长。

有一回我面临了创作上的瓶颈,回乡去休息,并且把我的苦恼说给父亲听。他笑着说:"你的苦恼也是我的苦恼,今年香蕉收成很差,我正在想明年还要不要种香蕉,你看,我是种好呢?还是不种好?"我说:"您种了四十多年的香蕉,当然还要继续种呀!"

他说:"你写了这么多年,为什么不继续呢?年景不会永远坏的。""假如每个人写文章写不出来就不写了。那么,天下还有大作家吗?"

我自以为比别的作家用功一些,主要是因为我生长在世代务农的家庭。我常想:世上没有不辛劳的农人,我是在农家长大的,为什么不能像农人那么辛劳?最好当然是像父亲一样,能终日辛劳,还能利他无我,这是我写了十几年文章时常反躬自省的。

母亲常说父亲是劳碌命,平日总闲不下来,一直到这几年身体差了还常往外跑，不肯待在家里好好地休息。父亲最热心于乡里的事，每回拜拜他总是拿头旗、做炉主，现在还是家乡清云寺的主任委员。他是那一种有福不肯独享、有难愿意同当的人。

他年轻时身强体壮，力大无穷，每天挑两百斤的香蕉来回几十趟还轻松自在。我最记得他的脚大得像船一样，两手摊开时像两个扇面。一直到我上初中的时候，他一手把我提起还像提一只小鸡，可是也是这样棒的身体害了他，他饮酒总不知节制，每次喝酒一定把桌底都摆满酒瓶才肯下桌，喝一打啤酒对他来说是小事一桩，就这样把他的身体喝垮了。

在六十岁以前，父亲从未进过医院，这三年来却数度住院，虽然个性还是一样乐观，身体却不像从前硬朗了。这几年来如果说我有什么事放心不下，那就是操心父亲的健康，看到父亲一天天消瘦下去，真是令人心痛难言。

父亲有五个孩子，这里面我和父亲相处的时间最少，原因是我离家最早，工作最远。我十五岁就离开家乡到台南求学，后来到了台北，工作也在台北，每年回家的次数非常有限。近几年结婚生子，工作更加忙碌，一年更难得回家两趟，有时颇为自己不能孝养父亲感到无限愧疚。父亲很知道我的想法，有一次他说："你在外面只要向上，做个有益社会的人，就算是有孝了。"

母亲和父亲一样，从来不要求我们什么，她是典型的农村妇女，一切荣耀归给丈夫，一切奉献都给子女，比起他们的伟大，我常觉得自己的渺小。

我后来从事报道文学，在各地的乡下人物里，常找到父亲和母亲的影子，他们是那样平凡、那样坚强，又那样的伟大。我后来的写作里时常引用村野百姓的话，很少引用博士学者的宏论，因为他们是用生命和生活来体验智慧，从他们身上，我看到了最伟大的情操，以及文章里最动人的素质。

我常说我是最幸福的人，这种幸福是因为我童年时代有好的双亲和家庭，我青少年时代有感情很好的兄弟姊妹；进入中年，有了好的妻子和好的朋友。我对自己的成长总抱着感恩之心，当然这里面最重要的基础是来自于我的父亲和母亲，他们给了我一个乐观、关怀、善良、进取的人生观。

我能给他们的实在太少了，这也是我常深自忏悔的。有一次我读到《佛说父母恩重难报经》，佛陀这样说：

假使有人，为于爹娘，手持利刀，割其眼睛，献于如来，经百千劫，犹不能报父母深恩。

假使有人，为于爹娘，亦以利刀，割其心肝，血流遍地，不辞痛苦，经百千劫，犹不能报父母深恩。

假使有人，为于爹娘，百千刀戟，一时刺身，于自身中，左右出入，经百千劫，犹不能报父母深恩……

读到这里，不禁心如刀割，涕泣如雨。这一次回去看父亲的病，想到这本经书，在病床边强忍着要落下的泪，这些年来我是多么不孝，陪伴父亲的时间竟是这样的少。

有一位也在看护父亲的郑先生告诉我："要知道您父亲的病情，不必看您父亲就知道了，只要看您妈妈笑，就知道病情好转，看您妈妈流泪，就知道病情转坏，他们的感情真是好。"为了看顾父亲，母亲在医院的走廊打地铺，几天几夜都没能睡个好觉。父亲生病以后，她甚至还没有走出医院大门一步，人瘦了一圈，一看到她的样子，我就心疼不已。

我每天每夜向菩萨祈求，保佑父亲的病早日康健，母亲能恢复以往的笑颜。

这个世界如果真有什么罪孽，如果我的父亲有什么罪孽，如果我的母亲有什么罪孽，十方诸佛、各大菩萨，请把他们的罪孽让我来承担吧，让我来背父母亲的孽吧！

但愿，但愿，但愿父亲的病早日康复。以前我在田里工作的时候，看我不会农事，他会跑过来拍我的肩说："做农夫，要做第一流的农夫；想写文章，要写第一流的文章；要做人，要做第一等的人。"然后觉得自己太严肃了，就说："如果要做流氓，也要做大尾的流氓呀！"然后父子两人相顾大笑，笑出了眼泪。

我多么怀念父亲那时的笑。

也期待再看父亲的笑。

咬舌自尽的狗

有一次，带家里的狗看医生，坐上一辆计程车。

由于狗咳嗽得很厉害，吸引了司机的注意，反身问我："狗感冒了吗？"

"是呀！从昨晚就咳个不停。"我说。

司机突然长叹一声："唉！咳得和人一模一样呀！"

话匣子一打开，司机说了一个养狗的痛苦经验：很多年前，他养了一条大狼狗，长得太大了，食量非常惊人，加上吠声奇大，吵得人不能安宁，有一天觉得负担太重，不想养了。

他把狼狗放在布袋里，载出去放生，为了怕它跑回家，特地开车开了一百多公里，放到中部的深山。

放了狗，他加速逃回家，狼狗在后面追了几公里就消失了。

经过一个星期，一天半夜听到有人用力敲门，开门一看，原来是那只大狼狗回来了，形容枯槁，极为狼狈，显然是经过长时间的奔跑和寻找。

计程车司机虽然十分讶异，但是他二话不说，又从家里拿出布袋，把狼狗装入布袋，再次带去放生，这一次，他从北宜公路狂奔到宜兰，一路听到狼狗低声号哭的声音。

到宜兰山区，把布袋打开，发现满布袋都是血，血还继续从狼狗的嘴角流溢出来。他把狗嘴拉开，发现狼狗的舌头断成两截。

原来，狼狗咬舌自尽了。

司机说完这个故事，车里陷入极深的静默，我从照后镜里看到司机那通红的眼睛。

经过一会儿，他才说："我每次看到别人的狗，都会想到我那一只咬舌自尽的狗，这件事会使我痛苦一辈子，我真不是人呀！我比一只狗还不如呀！"

听着司机的故事，我眼前浮现那只狼狗在原野、在高山、在城镇、在荒郊奔驰的景象，它为了回家寻找主人，奔跑百里，不知经历过多么大的痛苦，好不容易回到家门，主人不但不开门，连一句安慰的话也没有，立刻被送去抛弃，对一只有志气有感情的狗是多么大的打击呀！

与其再度被无情无义的人抛弃，不如自求解脱。

司机说，他把狼狗厚葬，时常去烧香祭拜，也难以消除内心的愧悔，所以他发愿，要常对养狗的人讲这个故事，劝大家要爱家中的狗，希望这可以消去他的一些罪业……

唉！在人世间有情有义的人受到无情的背弃不也是这样吗？

分到最宝贵的妈妈

一位朋友从国外赶回来参加父亲的丧礼，因为他来得太迟，家产已经被兄弟分光了。

朋友对我说："在我还没有回家以前，我的兄弟把家产都分光了，他们什么也没有留给我，分给我的只是我们唯一的妈妈。"

朋友说着说着，就在黑暗的房子里哭泣起来，朋友在国外事业有成，所以他不是为财产哭泣，而是为兄弟的情义伤心。

我安慰朋友说："你能分到唯一的妈妈是最大的福报呀！在这个世界上，有很多很多人愿意舍弃所有的财富，只换回自己的妈妈都不可得呀！"朋友听了，欢喜地笑了。

我说："要是你的兄弟连唯一的妈妈也不留给你，你才是真的惨呢！"

买馒头

家后面市场里的馒头摊，做的山东大馒头非常地道，饱满结实，有浓烈的麦香。

每天下午四点，馒头开笼的时间，闻名而来的人就会在馒头摊前排队，等候着山东老乡把蒸笼掀开。

掀开馒头的那一刻最感人，白色的烟雾阵阵浮出，馒头——或者说是麦子——的香味就随烟四溢了。

差不多不到半小时的时间，不管是馒头、花卷、包子就全卖光了，那山东老乡就会扯开嗓门说："各位老乡！今天的馒头全卖光了，明天清早，谢谢各位捧场。"

买到馒头的人欢天喜地地走了。

没买到馒头的人失望无比地也走了。

山东老乡把蒸笼叠好，覆上白布，收摊了。

我曾问过他，生意如此之好，为什么不多做一些馒头卖呢？

他说："俺的馒头全是手工制造，卖这几笼已经忙到顶点了，而且，赚那么多钱干什么？钱只要够用就好。"

我只要有空，也会到市场去排队，买个黑麦馒头，细细品尝，感觉到在平淡的生活里也别有滋味。

有时候，我会端详那些来排队买馒头的人，有的是家庭主妇，有的是小贩或工人，也有学生，也有西装笔挺的白领阶级。

有几次，我看到一位在街头拾荒的人。

有一次，我还看到在市场乞讨的乞丐，也来排队买馒头。（确实，六元一个的馒头，足够乞丐饱食一餐了。）

这么多生活完全不同的人，没有分别地在吃着同一个摊子的馒头，使我生起一种奇异之感：在这个世界上，我们因角色不同而过着相异的生活，当生活还原到一个基本的状态，所有的人的生活又是多么相似：诞生、吃喝、成长、老去，走过人生之路。

我们也皆能品尝一个馒头如品尝人生之味，只是或深或浅，有的粗糙，有的细腻。我们对人生也会有各自的体验，只是或广或窄，有的清明，有的浑沌。

但不论如何，生活的本身是值得庆喜的吧！

就像馒头摊的山东人，他在战乱中度过半生，漂泊到这小岛上卖馒头，这种人生之旅并不是他少年时代的期望，其中有许多悲苦与无奈。可是看他经历这么多沧桑，每天开蒸笼时，却有着欢喜的表情，有活力的姿势，像白色的烟雾，麦香四溢。

每天看年近七旬的老人开蒸笼时，我就看见了生命的庆喜与热望。

生命的潜能不论在何时何地都是热气腾腾的，这是多么的好！多么的值得感恩！

两只眼睛

情感是我们心的眼睛。

智慧是其中一只，慈悲是另一只。

当我们过度钟情的时候，一只眼瞎了，因为钟情使我们痴。

当我们生起怀恨的时候，另一只眼瞎了，因为怀恨使我们嗔。

一个爱恨强烈的人，两眼就会处在半盲状态。

在我们从爱欲中得到菩提，有更广大的爱时；在我们连那些可恨的人都能生起无私的悲悯时；我们心的眼睛就会清明，有如晨曦中薄雾退去的湖水。

孤独的放生者

带孩子到国父纪念馆的湖边散步，我们看见在西边有一个行色仓皇的妇人，身边放一个水桶，正用网子从水池中捞取一些东西。

走过去时，发现她正在从池边捞取鲫鱼放进水桶。那些鲫鱼都已经死亡了，浮现出苍白的肚子，可是妇人的网子太短，捞起来显得十分辛苦。

我惊诧地问："你怎么跑到这个池子来捞鱼呢？这是大家的湖呀！"

妇人被我一问，窘得面红耳赤，低声地道歉说："我不是来捞鱼，是来放鱼的，我买了一百条鲫鱼来放生，放下去以后我不放心，想看看它们是不是适应这个水池，结果发现有几条死掉了。我怕别的鱼来吃它们，又怕它们死了污染水池，所以正在把死掉的鱼捞上来。"原来妇人姓朱，是三重人，她在市场里看到待宰的鲫鱼很可怜，慈悲心大起，就从家里拿来大水桶买下一百条鲫鱼。买了以后才发现没有地方放生，淡水河当然是不行的，因为淡水河老早就是鱼虾不生的河流，放下去以后鱼儿不死于屠刀，反死于污染。她灵机一动，想到国父纪念馆旁的小湖，提着鱼叫一部计程车就跑来放生了，又怕人看见她来放生，所以偷偷躲在树荫下放生。

她说："鲫鱼是生命力很强的鱼，可能是坐车太远了，或者是水桶太小氧气不够，倒下去竟死了十几条，真是可怜呀……"说着，这四十几岁的乡下妇人竟流下泪来。

我只好安慰她："你只要有心救度它们，也就够了，你如没有买它们来放生，说不定早就煮成味噌汤放在桌上了。"妇人这才慢慢地释然。

朱太太是第一次放生，她过去每到市场看到人杀鸡杀鸭宰鱼剥蛙，时常痛心地流下泪来，站在一旁为那些被宰杀的动物念往生咒，希望帮它们超生，后来觉得这样不彻底，因此发心要买来放生，她初发菩提心就被我遇到了。

她的家境并不富裕，也不像受过什么教育，她连国语都说不灵转，可是她的慈悲心是与生俱来的，是听起来就令人为之动容的。

后来她问我以后应该去哪里放生，使我语塞而茫然起来，想了半天想不起台北近郊有什么干净的河流。我说："我看只有到阳明山，或者坪林、花园新城那里的河流去放。"其实说的时候，我心里也不确知这些地方的河流是不是可以生存鱼虾，但朱太太听了雀跃不已，说她下次买鱼去那里放，因为国父纪念馆的湖水看起来也十分污秽了。

她对我诚心道谢的时候，使我深深地惭愧着。

告辞了朱太太，来到湖的东边，发现在较浓密的树荫下，有七八个孩子和两个大人正拿着极长的网子在岸边捞鱼捉虾子，他们身旁的桶子里早已捕到了不少。想到刚才的朱太太，我忍不住大声地质问他们："你们怎么在这里捉鱼呢？这是大家的水池呀！"

没想到有一个大人回过头来说："这又不是你家的水池，你管什么闲事？"然后他们若无其事地又回头捞鱼，我只好去求助公园的警察，可是由于路远，警察来的时候，他们早就跑光了，只剩我，像个傻瓜站在湖边。

这时候我的孩子问我："爸爸，他们为什么要在这里捉鱼呢？"

"他们贪心，他们是小偷，把大家要看的鱼捉回家自己吃了。"我说。其实，我也不确知他们为什么在那里捉鱼，因为他们一天捉的鱼可能吃不到两口，并不能饱腹，而在那儿提心吊胆的恐怕也没有什么趣味吧！这是个奇怪的世界，放生的人因为害羞而窘迫地行善；杀生的人反而由于无耻而理直气壮地作恶；放生与杀生只是极微小的一端，在许多大事上，更多的人令我们感到失望。

回家的路上，孩子喃喃地说："爸爸，那些被捉的鱼好可怜喔！"

我抬起头来，看到天边火红的夕阳缓缓落下，想起刚才的妇人为放生的鱼死去而落下的眼泪，那泪是晶莹剔透、光泽如玉、人间罕见的，也因为罕见，她的影子显得格外孤单，好像夕阳一照射就要消失了。

我突然想起了佛经里的一段话：

一切男子是我父，一切女人是我母，我生生无不从之
受生。

故六道众生，皆是我父母。而杀而食者，即杀我父
母，亦杀我故身。

一切地水，是我先身；一切火风，是我本体；故常行
放生。

这是佛菩萨的境界，凡人很难达到，可是我在乡下平凡妇人的
泪眼中，几乎就看见了那样的慈悲、那样的境界。

最后，我为那些捞鱼的人，深深地忏悔。

月光下的喇叭手

冬夜寒凉的街心，遇见一位喇叭手。

那时月亮很明，冷冷的月光斜落在他的身躯上，他的影子诡异地往街边拉长出去。街很空旷，我自街口走去，他从望不见底的街头走来，我们原也会像路人般擦身而过，可是不知道为什么，那条大街竟被他孤单冷漠的影子紧紧塞满，容不得我们擦身。

他的脚步零乱颠踬，像是有点醉了，他手中提的好像是一瓶酒，他一步一步逼近，在清冷的月光中我看清，他手中提的原来是把伸缩喇叭。

喇叭精亮的色泽也颓落成蛇身花纹一般，斑驳锈黄色的音管因为有许多伤痕凹凹扭扭，沿着喇叭上去是握着喇叭的手，血管纠结，沿着手上去我便明白地看见了塞满整条街的老人的脸。他两鬓的白发在路灯下反射成点点星光，穿着一袭宝蓝色滚白边的制服，大盖帽也缩皱地贴在他的头上，帽徽是一只振翅欲飞的老鹰。他真像一个打完仗的兵士，曳着一把流过许多血的军刀。

突然一阵汽车喇叭的声音，汽车从我的背后来，强猛的光使老人不得不举起喇叭护着眼睛。他放下喇叭时才看见站在路边的我，从干瘪的唇边迸出一丝善意的笑。

在凌晨的夜的小街，我们便那样相逢。

老人吐着冲天的酒气告诉我，他今天下午送完葬分到两百元。忍不住跑到小摊灌了几杯老酒，他说："几天没喝酒，骨头都软了。"他翻来翻去从裤口袋中找到一张百元大钞，"再去喝两杯，老弟！"他的语句中有一种神奇的口令似的魔力，我为了争取请那一场酒费了很大的力气，最后，老人粗声地欣然答应："就这么说定，俺陪你喝两杯，俺吹首歌送你。"

我们走了很长的黑夜的道路，才找到隐没在街角的小摊，他把喇叭倒扣起来，喇叭贴粘在油污的桌子上。肥胖浑圆的店主人操一口广东口音，与老人的清瘦形成很强烈的对比。老人豪气地说："广东、山东，俺们是半个老乡哩！"店主惊奇笑问，老人说："都有个东字哩！"我在六十瓦的灯泡下笔直地注视老人，不知道为什么，竟在他平整的双眉跳脱出来几根特别灰白的长眉毛上，看出一点忧郁了。

十余年来，老人干上送葬这行，用骊歌为永眠的人铺一条通往未知的道路，他用的是同一把伸缩喇叭，喇叭凹了，锈了，而在喇叭的凹锈中，不知道有多少生命被吹送了出去。老人诉说着不同的种种送葬仪式，他说到在披麻衣的人群里每个人竟会有完全不同的情绪时，不觉笑了："人到底免不了一死，喇叭一响，英雄豪杰都一样。"

我告诉老人，在我们乡一送葬的喇叭手人称"罗汉脚"，他们时常蹲聚在榕树下唠嗑，等待人死的讯息，老人点点头："能抓住罗汉的脚也不错。"然后老人感喟道，在中国，送葬是一式一样的，大部分人一辈子没有听过有音乐演奏，一直到死才赢得一生努力的荣光，听一场音乐会。"有一天我也会死，我可是听多了。"

借着几分酒意，我和老人谈起他飘零的过去。

老人出生在山东的一个小县，家里有一片望不到边的大豆田，他年幼的时代便在大豆田中放风筝，捉田鼠，看春风吹来时，田边绽放出嫩黄色小野花，天永远蓝得透明，风雪来时，他们围在温暖的小火炉边取暖，听着戴毡帽的老祖父一遍又一遍说着永无休止的故事。他的童年里有故事、有风声、有雪色、有贴在门楣上等待新年的红纸、有数不完的在三合屋围成的庭院中追逐不尽的笑语……

"二十四岁那年，俺从田里回家，一部军用卡车停在路边，两个中年汉子把我抓到车上，连锄头都来不及放下，俺害怕地哭着，车子往不知名的路上开走……他奶奶的！"老人在车的小窗中看他的故乡远去了，远远地去了，那部车丢下他的童年，他的大豆田，还有他老祖父终于休止的故事。他的眼泪落在车板上，四周的人漠然地看着他，一直到他的眼泪流干，下了车，竟是一片大漠黄沙不复记忆。

他辗转地到了海岛，天仍是蓝的，稻子从绿油油的茎中吐出他故乡嫩黄野花的金黄，他穿上戎装，荷枪东奔西走，找不到落脚的地方，"俺是想着故乡的啦！"渐渐地，连故乡都不敢想了。有时梦里活蹦乱跳出故乡，他正在房间里要掀开新娘的盖头，锣声响鼓声闹，"俺以为这一回一定是真的，睁开眼睛还是假的，常常流一身冷汗。"

老人的故乡在酒杯里转来转去，他端起杯来一口仰尽一杯高粱。三十年过去了，"俺以为儿子说不定娶媳妇了。"老人走的时候，他的妻正怀着六个月的身孕，烧好晚餐倚在门上等待他回家，他连一声再见都来不及对她说。老人酗酒的习惯便是在想念他的妻到不能自拔的时候养成的。三十年的戎马倥偬，故乡在枪眼中成为一个名词，那个名词简单，简单到没有任何一本书能说完，老人的书才掀开一页，一转身，书不见了，到处都是烽烟，泪眼苍茫。

当我告诉老人，我们是同乡时，他几乎泼翻凑在口上的酒，几乎是发疯一般地抓紧我的手，问到故乡的种种情状，"我连大豆田都没有看过。"老人松开手，长叹一声，因为醉酒，眼都红了。

"故乡真不是好东西，乡愁不是好东西。"我说。

退伍的时候，老人想要找一个工作，他识不得字，只好到处打零工。有一个朋友告诉他："去吹喇叭在乐队装着个样子，装着，装着，竟也会吹一些离别伤愁的曲子，在连续不断的骊歌里，老人颤音的乡愁反而被消磨殆尽了。每天陪不同的人走进墓地，究竟是什么样一种滋味呢？老人说是酒的滋味，醉酒吐了一地的滋味，我不敢想。

我们都有些醉了，老人一路上吹着他的喇叭回家，那是凌晨三点至静的台北，偶尔有一辆急驶的汽车呼呼驰过，老人吹奏的骊歌变得特别悠长凄楚，喇叭哇哇的长音在空中回荡，流向一些不知道的虚空，声音在这时是多么无力，很快地被四面八方的夜风吹散，总有一丝要流到故乡去吧！我想着。向老人借过伸缩喇叭，我也学他高高地把头仰起，喇叭吹出一首年轻人正在流行的曲子：

　　　　我们隔着迢遥的山河

　　　　去看望祖国的土地

　　　　你用你的足迹

　　　　我用我游子的乡愁

　　　　你对我说

　　　　古老的中国没有乡愁

　　　　乡愁是给没有家的人

　　　　少年的中国也没有乡愁

　　　　乡愁是给不回家的人

　　老人非常喜欢那首曲子，然后他便在我们步行回他万华住处的路上用心地学着曲子，他的音对了，可是不是吹得太急，就是吹得太缓。我一句句对他解释了那首歌，那歌，竟好像是为我和老人写的，他听得出神，使我分不清他的足迹和我的乡愁。老人专注地不断地吹这首曲子，一次比一次温柔，充满感情，他的腮鼓动着，像一只老鸟在巢中无助地鼓动翅翼，声调却正像一首骊歌，等他停的时候，眼里赫然都是泪水，他说："用力太猛了，太猛了。"然后靠在我的肩上呜呜地突起来。我耳边却在老人的哭声中听到大豆田上呼呼的风声。

我也忘记我们后来怎么走到老人的家门口，他站直立正，万分慎重地对我说："我再吹一次这首歌，你唱，唱完了，我们就回家。

唱到"古老的中国没有乡愁，乡愁是没有家的人，少年的中国也没有乡愁，乡愁是给不回家的人"的时候，我的声音暗哑了，再也唱不下去，我们站在老人家的门口，竟是没有家一样地唱着骊歌，愈唱愈遥远。我们是真的喝醉了，醉到连想故乡都要掉泪。

故乡真的远了，故乡真的远了吗？

我从夜里走到天亮，看到一轮金光乱射的太阳从两幢大楼的夹缝中向天空蹦跃出来，有另一群老人穿着雪白的运动衫在路的一边做早操，到处是人从黎明起开始蠕动的姿势，到处是人们开门拉窗的声音，阳光从每一个窗子射进。

不知道为什么，我老是惦记着老人和他的喇叭，分手以后我再也没有见过他。每次凌晨的夜里步行，老人的脸与泪便毫不留情地占据我。我知道，可能这一生再也看不到老人了。但是他被卡车载走以后的一段历史却成为我生命的刺青，一针一针地刺出我的血珠来。他的生命是伸缩喇叭凹凹扭扭的最后一个长音。在冬夜寒凉的街心，我遇见一位喇叭手，春天来了，他还是站在那个寒冷的街心，孤零零地站着，没有形状，却充满了整条街。

飞鸽的早晨

　　哥哥在山上做了一个捕鸟的网，带他去看有没有鸟入网。

　　他们沿着散满鹅卵石的河床，那时正是月桃花开放的春天，一路上月桃花微微的乳香穿过粗野的山林草气，随着温暖的风在河床上流荡。随后，他们穿过一些人迹罕至的山径，进入生长着野相思林的山间。

　　在路上的时候，哥哥自豪地对他说："我的那面鸟网子，飞行的鸟很难看见，在有雾的时候逆着阳光就完全看不见了。"

　　看到网时，他完全相信了哥哥的话。

　　那面鸟网布在山顶的斜坡，形状很像学校排球场上的网，狭长形的，大约有十公尺那么长，两旁的网线系在两棵树干上，不仔细看，真是看不见那面网。但网上的东西却是很真切地在扭动着，哥哥在坡下就大叫："捉到了！捉到了！"然后很快地奔上山坡，他拼命跑，尾随着哥哥。

　　跑到网前，他们一边喘着大气，才看清哥哥今天的收获不少，网住了一只鸽子、三只麻雀，它们的脖颈全被网子牢牢扣死，却还拼命地在挣扎，"这网子是愈扭动扣得愈紧。"哥哥得意地说，把两只麻雀解下来交给他,他一手握一只麻雀,感觉到麻雀高热的体温,麻雀蹦蹦慌张的心跳,也从他手心传了过来,他忍不住同情地注视刚从网子解下的麻雀,他们正用力地呼吸着,发出像人一样的啾啾之声。

啾啾之声在教室里流动,他和同学大气也不敢喘,静静地看着老师。

老师正靠在黑板上,用历史课本掩面哭泣。

他们那一堂历史课正讲到南京大屠杀,老师说到日本兵久攻南京城不下,后来进城了,每个兵都执一把明晃晃的武士刀,从东门杀到西门,从街头砍到巷尾,最后发现这样太麻烦了,就把南京的老百姓集合起来挖壕沟,挖好了跪在壕沟边,日本兵一刀一个,刀落头滚,人顺势前倾栽进沟里,最后用新翻的土掩埋起来。

"一九三七年十二月十三日,你必须记住这一天,日本兵进入南京城,烧杀奸淫,我们老百姓,包括妇女和小孩子,被惨杀而死的超过三十万人……"老师说着,他们全身的毛细孔都张开,轻微地颤抖着。

说到这里,老师叹息一声说:"在那个时代,能一刀而死的人已经是最幸运的了。"

老师合起历史课本,说她有一些亲戚住在南京,抗战胜利后,她到南京去寻找亲戚的下落,十几个亲戚竟已骸骨无存,好像从来没有在这个世界存在过,她在南京城走着,竟因绝望的悲痛而昏死过去……

老师的眼中升起一层雾，雾先凝成水珠滑落，最后竟掩面哭了起来。

老师的泪，使他们仿佛也随老师到了伤心之城。他温柔而又忧伤地注视这位他最敬爱的历史老师，老师挽了一个发髻，露出光洁美丽饱满的额头，她穿了一袭蓝得像天空一样的蓝旗袍，肌肤清澄如玉，在她落泪时是那样凄楚，又是那样美。

老师是他那时候的老师里唯一来自北方的人，说起国语来水波灵动，像小溪流过竹边，他常常坐着听老师讲课而忘失了课里的内容，就像听见风铃叮叮摇曳。她是那样秀雅，很难让人联想到那烽火悲歌的时代，但那是真实的呀！最美丽的中国人也从炮火里走过！

说不出为什么，他和老师一样心酸，眼泪也落了下来，这时他才听见同学们都在哭泣的声音。

老师哭了一阵，站了起来，细步急走地出了教室，他望出窗口，看见老师从校园中两株相思树穿过去，蓝色的背影在相思树中隐没。

哥哥带他穿过一片相思树林，拨开几丛野芒花。

他才看见隐没在相思林中用铁丝网围成的大笼子，里面关了十几只鸽子，还有斑鸠、麻雀、白头翁、青笛儿，一些吱吱喳喳的小鸟。

哥哥讨好地说："这笼子是我自己做的，你看，做得不错吧？"他点点头，哥哥把笼门拉开，将新捕到的鸽子和麻雀丢了进去。他到那时才知道为什么哥哥一放学就往山上跑的原因。

哥哥大他两岁，不过在他眼中，读初中一年级的哥哥已像个大人。平常，哥哥是不屑和他出游的，这一次能带他上山，是因为两星期前他们曾打了一架，他立志不与哥哥说话，一直到那天哥哥说愿意带他到山上捕鸟，他才让了步。

"为什么不把捕到的鸟带回家呢？"他问。

"不行的，"哥哥说，"带回家会挨打的，只好养在山上。"

哥哥告诉他，把这些鸟养在山上，有时候带同学到山上烧烤小鸟吃，真是人间的美味。在那种物质匮乏的年代，烤小鸟对乡下孩子确有很大的诱惑。

他也记得，哥哥第一次带两只捕到的鸽子回家烧烤，被父亲毒打的情景，那是因为鸽子的脚上系着两个脚环，父亲看到脚环时大为震怒，以为哥哥是偷来的。父亲一边用藤条抽打哥哥，一边大声吼叫："我做牛做马把你们养大，你却去偷人家的鸽子来吃！"

"我做牛做马把你养大，你却……"这是父亲的口头禅，每次他们犯了错，父亲总是这样生气地说。

做牛做马，对这一点，他记忆中的父亲确实是牛马一样日夜忙碌的，并且他也知道父亲的青少年时代过得比牛马都不如，他的父亲，是从一个恐怖的时代存活过来的。父亲的故事，他从年幼时就常听父亲提起。

父亲生在日据时代的晚期，十四岁时就被以"少年队"的名义调到左营桃子园做苦工，每天凌晨四点开始工作到天黑，做最粗鄙的工作。十七岁，他被迫加入"台湾总督府勤行报国青年队"，被征调到雾社，及更深山的"富士社"去开山，许多人掉到山谷死去了，许多人体力不支死去了，还有许多是在精神折磨里无声无息地死去了，和他同去的中队有一百多人，活着回来的只有十一个。

他小学一年级第一次看父亲落泪，是父亲说到在"勤行报国青年队"时每天都吃不饱，只好在深夜跑到马槽，去偷队长喂马的饲料，却不幸被逮住了，差一点被活活打死。父亲说："那时候，日本队长的白马所吃的料，比我们吃得还好，那时我们台湾人真是牛马不如呀！"说着，眼就红了。

二十岁，父亲被调去"海军陆战队"，转战太平洋，后来深入中国内地，那时日本资源不足。据父亲说最后的两年过的是鬼也不如，怪不得日本鬼子后来会恶性大发。父亲在求生不能求死不得的战火中过了五年，最后日本投降，他也随日本军队投降了。

父亲被以"日籍台湾兵"的身份送回台湾，与父亲同期被征调的台湾籍日本兵有二百多人，活着回到家乡的只有七个。

"那样深的仇恨，都能不计较，真是了不起的事呀！"父亲感慨地对他们说。

那样深的仇恨，怎样去原谅呢？

这是他幼年时代最好奇的一段，后来他美丽的历史老师，在课堂上用一种庄重明彻的声音，一字一字朗诵了那一段历史：

"我中国同胞须知'不念旧恶'及'与人为善'为我民族传统至高至贵之德行。我们一贯声言，我们只经日本黩武的军阀为敌，不经日本的人民为敌。今天敌军已被我们盟邦共同打倒了。我们当然要严密责成他忠实执行他所有的投降条款。但是，我们并不要报复，与日俱增不可对敌国无辜人民加以污辱。我们只有对他们为他的纳粹军阀所愚弄所骗迫而表示怜悯，使他们能自拔于错误与罪恶。要知道，如果以暴行答复敌人以前的暴行，以污辱来答复他们从前错误的优越感，则冤冤相报，永无终止，绝不是我们仁义之师的目的。"

听完那一段，他虽不能真切明白其中的含义，却能感觉到字里行间那种宽广博大的悲悯，尤其是最后"仁义之师"四个字使他的心头大为震动。在这种震动里面，课室间流动的就是那种悲悯的空气，庄严而不带有一丝杂质。

老师还说，战争是非常不幸的，只有亲历战争悲惨的人，才知道胜利与失败同样的不幸。我们中国被压迫、被惨杀、被蹂躏，但如果没有记取这些，而用来报复给别人，那最后的胜利就更不幸了。

记得在上那抗战的最后一课，老师已洗清了她刚开始讲抗战的忧伤，而是那么明净，仿佛是卢沟桥新雕的狮子，周身浴在一场透明的光中，那是多么优美的画面，他当时看见老师的表情，就如同供在家里佛案上的白瓷观音。

他和哥哥在打架时深切知道宽容仇恨是很难的，何况是千万人的被屠杀？可是在那些被仇恨者中，有他最敬爱的父亲，他就觉得那对侵略者的宽容是多么伟大而值得感恩。

老师后来给他们说了一个故事，是他永远不能忘记的：

有一只幼小的鸽子，被饥饿的老鹰追逐，飞入林中，这时一位高僧正在林中静坐。鸽子飞入高僧的怀中，向他求救。高僧抱着鸽子，对老鹰说："请你不要吃这只小鸽子吧！"

"我不吃这只鸽子就会饿死了，你慈悲这鸽子的生命，为什么不能爱惜我的生命呢？"老鹰说。

"这样好了，看这鸽子有多重，我身上的肉给你吃，来换取它的生命，好吗？"

老鹰答应了高僧的建议。

高僧将鸽子放在天平的一端，然后从自己身上割取同等大的肉放在另一端，但是天平并没有平衡。说也奇怪，不论高僧割下多少肉，都没有一只幼小的鸽子重，直到他把股肉臂肉全割尽，小鸽子站立的天平竟没有移动分毫。

最后，高僧只好竭尽仅存的一口气将整个自己投在天平的一端，天平才总算平衡了。

老师给这个故事做了这样的结论："生命是不可取代的，不管生命用什么面目呈现，都有不可取代的价值，老鹰与鸽子的生命不可取代，侵略者与被侵略者也是一样的，为了救鸽子而杀老鹰是不公平的，但天下有什么绝对公平的事呢？"

说完后，老师抬头看着远方的天空，蓝天和老师的蓝旗袍一样澄明无染，他的心灵仿佛受到清洗，感受到慈悲有壮大的力量，可以包容这个世界，人虽然渺小，但只要有慈悲的胸怀，也能够像蓝天一般庄严澄澈，照亮世界。

　　上完课，老师踩着阳光的温暖走入了相思树间，惊起了在枝桠中的麻雀。

　　黄昏时分，他忧心地坐在窗口，看急着归巢的麻雀零落地飞过。

　　他的忧心，是因为哥哥第二天要和同学到山上去烧鸟大会，特别邀请了他。他突然想念起那一群被关在山上铁笼里的鸟雀，想起故事里飞入高僧怀中的那只小鸽子，想起有一次他和同学正在教室里狙杀飞舞的苍蝇，老师看见了说："别找呀！你们没看见那些苍蝇正在搓手搓脚地讨饶吗？"

　　明天要不要去赴哥哥的约会呢？

　　去呢？不去呢？

　　清晨，他起了个绝早。

　　在阳光尚未升起的时候，他就从被窝钻了出来，摸黑沿着小径上山，一路上听见鸟雀们正在醒转的声音，在那些喃喃细语的鸟鸣声中，他仿佛听见了每天清晨上学时母亲对他的叮咛。

　　在这个纷乱的世间，不论是亲人、仇敌、宿怨，乃至畜生、鸟雀，都是一样疼爱着自己的儿女吧！

　　跌了好几次跤，他才找到哥哥架网的地方，有几只早起的麻雀已落在网里，做最后的挣扎，他走上去，一一解开它们的束缚，看着麻雀如箭一般惊慌地腾飞上空中。

他钻进哥哥隐藏铁笼的林中，拉开了铁丝网中的门，鸟们惊疑地注视着他，轻轻扑动着翅翼，他把它们赶出笼子，也许是关得太久了，那些鸟在笼门口迟疑一下，才振翅飞起。

尤其是几只鸽子，站在门口半天还不肯走，他用双手赶着它们说："飞呀！飞呀！"鸽子转着墨圆的明亮的眼珠，骨溜溜地看着他，试探地拍拍翅膀，咕咕！咕咕！咕咕！叫了几声，才以一种优美无比的姿势冲向空中，在他头上盘桓了两圈，才往北方的蓝天飞去。

在鸽子的咕咕声中，他恍若听见了感恩的情意，于是，他静静地看着鸽子的灰影完全消失在空中，这时候第一道晨曦才从东方的山头照射过来，大地整个醒转，满山的鸟鸣与蝉声从四面八方演奏出来，好像这是多么值得欢腾的庆典。他感觉到心潮汹涌澎湃，他第一次知道自己的心那样清净和柔软，像春天里初抽芽的绒绒草地，随着他放出的高飞远扬的鸽子、麻雀、白头翁、斑鸠、青笛儿，他听见了自己心灵深处一种不能言说的慈悲的消息，在整个大地里萌动涌现。

看着苏醒的大地，看着流动的早云，看着光明无限的天空，看着满天清朗的金橙色霞光，他的视线逐渐模糊了，才发现自己的眼中饱孕将落未落的泪水，心底的美丽一如晨曦照耀的露水，充满了感恩的喜悦。

观照世间的声音

从前有一位屠夫，脾气非常暴躁，他和寡母住在一起，然而他非但不孝顺母亲，还常常怒骂老母，有时喝了酒回来甚至动手毒打母亲。

屠夫的母亲对生出如此忤逆不孝的儿子，只有自恨业障深重。她家里供有南海观世音菩萨的圣像，她每天跪在菩萨面前忏悔宿世业障，并恳求菩萨感化忤逆的恶子，使她在未来的日子有所依靠。

屠夫的家住在南海普陀山必经的地方，每年春天二月十五日是观世音菩萨的生日，去朝南海普陀山的香客特别多，屠夫看到络绎不绝的人路过去南海，就对观世音菩萨起了好奇之心，心想：如果菩萨没有感应，怎么能感动这些千里迢迢的人？同时又常听到从南海回来的人说，只要诚心，就可以在山上看见活的观世间菩萨。因此，这屠夫就决心去朝一次南海。有一个春天他随着一群香客，一起到普陀去朝山。到了普陀山，屠夫心急地跑遍全山各寺院，却总没有见到活的观世音菩萨，他不但大失所望，心里还起了恨意，正在埋怨的时候，走到"潮音洞"前，看到一位道貌岸然的老和尚坐在那里。屠夫就跑过去问："老师父！听说你们普陀山有活的观世音菩萨，我来找了几天都没看见，到底活的观世音菩萨在哪里？请你告诉我！"

老和尚说："你想见活观世音菩萨，现在赶快回去，菩萨已经到你家去了，你火速回去拜见，千万别错过机会。"

屠夫想一想说："可是我不知道到我家的菩萨是什么样子，请师父指点。免得见面不相识，当面错过！"

老和尚说："你回家看见一位反穿衣、倒搭鞋的老婆婆，那就是你所要求见的观世音菩萨，你见了，要好好地诚心诚意地拜见，不可稍有怠慢！"

听了老和尚的活，屠夫急忙兼程赶回家里去见活观音，赶到家时已经是半夜十二点了。

话说他的老母，自从儿子去朝南海，每天不断在观音菩萨像前烧香祈愿菩萨感化逆子，因为至心哀求，每天都拜到深夜才就寝。那一天夜里她刚拜完菩萨上床去睡。万万想不到儿子会在半夜回家。

屠夫回到家看到家门紧闭，由于他一向对母亲从未好声好气，再加上心急，不但大声小叫地呼喊，还用力捶打门户，叫妈妈来开门。母亲在睡梦中被叫骂声吵醒，一听是儿子的声音，简直吓坏了，自恨睡得太沉，触怒了这个活阎罗，恐怕逃不了一阵毒打。由于骇怕心慌，衣服反穿身上、鞋子倒搭脚上，匆忙跑来开门。

老太婆战战兢兢地把门打开，屠夫抬头一看，吓得对母亲纳头便拜，嘴里而连称："弟子某某，拜见观音老母"。他母亲被弄迷糊了，对他说："你不要认错了，我是你妈，不是什么观音老母"。

屠夫说："不会错，我在南海时有位老和尚告诉我，回家看见反穿衣、倒搭鞋的人，就是活观音菩萨，我没有看错，你就是观音老母！"

老太婆看着自己的穿着，心魂甫定，知道是观音大士教化逆子，就壮起胆子说："你在家里连自己的母亲都不肯孝养，还想去南海见活观音，哪里有忤逆不孝的人能亲见菩萨的圣容？那对你讲话的老和尚就是观世音菩萨，因为你这样不孝，怜悯你以后一定会遭到恶报，所以教你回来孝养母亲，就和拜见活观音一样的功德！"

屠夫听了，良心发现，从此改恶向善，再也不杀生当屠夫，改行做小生意，并且成为一位非常非常孝顺的人。

这一个故事改写自煮云法师著的《南海普陀山传奇异闻录》，我读了非常受感动，虽是传奇异闻，却有十分深刻的启示，观世音菩萨其实不只是在普陀山，而是在每个人的眼前、在每个人的身边，我们最亲爱的母亲不就是活的观世音菩萨吗？如果一个人不能孝顺父母，即使到了普陀山又能怎么样呢？

我们中国有句老话说："家家弥陀佛，户户观世音"，用以说明净土思想、阿弥陀佛、观音菩萨的普遍深入人心，几乎每个家庭都供奉。我觉得这句话还应该从另一个角度看，就是说家家都有阿弥陀佛、户户都有观世音菩萨，不只是存在遥远的虚空之中。也就是说，对于养育我们的父母、扶持我们的兄弟姐妹、互相帮忙的街坊邻居，甚至我们生病时为我们看病的医生、我们找路时帮我们指出方向的路人……我们都应该生起佛菩萨想，有敬爱、珍惜感恩之情，唯有在人世里如此，我们才能在点火烧香的菩萨形象之前，看见许多活生生的菩萨。也才能确信我们生活的地方不仅是婆婆，也是净土地！不只是五浊的世界，也是清净的法界！

除了处处是观世音菩萨，更好的是自己也立志发愿做观世音菩萨，正如煮云法师在书中说的："凡是信佛的人，对观世音菩萨，是怎样成道，应有寻根问底的必要，若是只是天天去拜观音、求观音，不如想个办法，要自己去做成一个观音。"怎么样才能做观世音呢？有一首偈说："内观自在，十方圆明；外观世音，寻声救苦。"

当我们能在内心有圆明自在，能观照拯救世间苦难的音声，这时心里就端端正正坐着一尊观世音菩萨，有温暖的火、智慧的馨香、慈悲的光芒！这一尊观世音与道场里庄严披璎珞的观世音、与普陀山传奇的观世音，与西方净土的观世音、与十方法界的观世音都是无二无别的！

在中国民间，观世音菩萨叫"观音娘娘"，台湾话叫"观音妈"，我好喜欢这个称呼，多么可亲，多么温暖，仿佛听见了自己在心底呼唤妈妈的声音。不管如何称呼，如果一个人在对待世界时，有像妈妈对待儿子那样温柔、宽容、慈爱、无怨、充满了光明的期许与伟大的希望，那就是从紫竹石上长出一株美丽无比的紫竹，紫竹林的观世音菩萨就会露出温煦的微笑了。

光是从观世音菩萨的名号，只要我们的心够细致，就能够体会到那无量无尽的慈悲呀！

猫头鹰人

在信义路上，有一个卖猫头鹰的人，平常他的摊子上总有七八只猫头鹰，最多的时候摆十几只，一笼笼叠高起来，形成一个很奇异的画面。

他的生意顶不错，从每次路过时看到笼子里的猫头鹰全部换了颜色可以知道。他的猫头鹰种类既多，大小也齐全，有的鹰很小，小到像还没有出过巢，有的很老，老到仿佛已经不能飞动。

我注意到卖鹰人是很偶然的，一年前我带孩子散步经过，孩子拼命吵闹，想要买下一只关在笼子里的小猫头鹰。那时，卖鹰的人还在卖兔子，摊子上只摆了一只猫头鹰，卖鹰者努力向我推销说："这只鹰仔是前天才捉到的，也是我第一次来卖猫头鹰，先生，给孩子买下来吧！你看他那么喜欢。"我这才注意到眼前卖鹰的中年人，看起来非常质朴，是刚从乡下到城市谋生活的样子。

我没给孩子买鹰，那是因为我一向反对把任何动物关在笼子里，而且我对孩子说："如果都没有人买猫头鹰，卖鹰的人以后就不会到山上去捉猫头鹰了，你看，这只鹰这么小，它的爸爸妈妈一定为找不到它在着急呢！"孩子买不成猫头鹰，央求站在前面看一会，正看的时候，有人以五百元买下了那只鹰，孩子哇啦一声，不舍地哭了出来。

此后我常常看见卖鹰的人，他的规模一天比一天大，到后来干脆不卖兔子，只卖猫头鹰，定价从五百五十元到一千元左右，生意好的时候，一个月卖掉几十只。我想不通他从何处捕到那么多的猫头鹰，有一次闲谈起来，才知道台湾深山里还有许多猫头鹰，他光是在坪林一带的山里一天就能捕到几只。

他说："猫头鹰很受欢迎咧！因为它不吵，又容易驯服，生意太好了，我现在连兔子也不卖，专卖鹰。一有空我就到山上去捉，大部分捉到还在巢中的小鹰，运气好的时候，也能捉到它们的父母……"

我劝他说："你别捉鹰了，捉鹰的时间做别的也一样赚那么多钱。"

他说："那不同咧！捉鹰是免本钱稳赚不赔的。"

对这样的人，我也不能说什么了。

后来我改变散步的路线，有一年多没见过卖猫头鹰的人，前不久我又路过那一带，再度看到卖鹰者，他还在同一个街角卖鹰，猫头鹰笼子仍然一个叠着一个。

当我看见他时，大大吃了一惊，那卖鹰者的长相与一年前我见到时完全不同了。他的长相几乎变得和他卖的猫头鹰一样，耳朵上举、头发扬散、鹰钩鼻、眼睛大而瞳仁细小、嘴唇紧抿，身上还穿着灰色掺杂褐色的大毛衣，坐在那里就像是一只大的猫头鹰，只是有着人形罢了。

短短的一年多的时间，为什么使一个人的长相完全不同了呢？这巨大变化是从何而来呢？我努力思索卖鹰者改变面貌的原因。我想到，做了很久屠夫的人，脸上的每道横肉，都长得和他杀的动物一样。而鱼市场的鱼贩子，不管怎么洗澡，毛孔里都会流出鱼的腥味。我又想到，在银行柜台数钞票很久的人，脸上的表情就像一张钞票，冷漠而势利。在小机关当主管作威作福的人，日子久了，脸变得像一张公文，格式十分僵化，内容逢迎拍马。坐在电脑前面忘记人的品质的人，长相就像一架电脑。还有，跑社会新闻的记者，到后来，长相就如同社会版上的照片……

原因是这样的吗？或者是像电影电视上演坏人的演员，到后来就长成一脸坏相，因为他打从心里一直坏出来，到最后就无法辨认了。还有那些演色情片的演员，当她们裸裎的照片登在杂志上，我们仿佛看到一块肥腻的肉，却不见她们的心灵或面貌了。

一个人的职业、习气、心念、环境都会塑造他的长相和表情，这是人人都知道的，但像卖猫头鹰的人改变那么巨大而迅速，却仍然出乎我的预想。我的眼前闪过一串影像，卖鹰者夜里去观察鹰的巢穴，白天去捕捉，回家做鹰的陷阱，连睡梦中都想着捕鹰的方法，心心念念在鹰的身上，到后来自己长成一只猫头鹰都已经不自觉了。

我从卖鹰者的面前走过，和他打招呼，他居然完全忘记我了，就如同白天的猫头鹰，眼睛茫然失神，他只是说："先生，要不要买一只猫头鹰，山上刚捉来的。"

这使我在后来的散步里，想起了三千年前瑜伽行者的一部经典《圣博伽瓦谭》中所记载，巴拉达国国王的故事。

巴拉达国王盛年的时候，弃绝了他的王后、家族，和广袤的王国，到森林里去，那时他相信古印度的经典，认为人应该把中年以后的岁月用于自觉。

他在森林中过着苦行生活，仅仅食用果子和根菜植物，每日专注地冥想，经过一段时间，他的自我从身中觉醒了过来。有一天他正在冥想，忽然看到一只母鹿到河边饮水，随着又听到不远处狮子的大吼，母鹿大吃一惊，正要逃跑的时候，一只小鹿从它的子宫堕下，跌入河中的急流里，母鹿害怕得全身颤抖，在流产之后死去了。

巴拉达眼看小鹿被冲向下游，动了恻隐之心，便从河里救起小鹿，把小鹿带到自己身边。他从此和小鹿一起睡觉、一起走路、一起洗澡、一起进食，他对待小鹿就如同对待自己的孩子，自己的心念完全系在小鹿身上。

有一天，小鹿不见了。巴拉达陷入了非常焦躁的意念里，担心着小鹿的安危就像失去了儿子一样，他完全无法冥思，因为想的都是小鹿，最后他忍不住启程去寻找小鹿，在黑暗森林里，他如痴如狂呼唤小鹿的名字，他终于不小心跌倒了，受了重伤，就在他临终的时候，小鹿突然出现在他的身边，就像爱子看着父亲一样看着他，就这样，巴拉达的心念和精神全部集中在小鹿身上，他下次醒来的时候，发现自己成为一头鹿，这已经是他的下一世了。

这是瑜伽对于意念的看法，意念不仅对容貌有着影响，巴拉达因疼爱小鹿，都因而沉进了轮回的转动，那么，捕捉贩售猫头鹰的人，长相日益变成猫头鹰又有什么奇怪呢？

和朋友谈起猫头鹰人长相变异的故事，朋友说："其实，变的不只是卖鹰的人，你对人的观照也改变了。卖鹰者的长相本来就是那样子，只是习气与生活的濡染改变了他的神色和气质罢了。我们从前没有透过内省，不能见到他的真面目，当我们的内心清明如镜，就能从他的外貌进而进入他的神色和气质了。"

难道，我也改变了吗？

在这个世界上，我们意念都如在森林中的小鹿，迷乱地跳跃与奔跑，这纷乱的念头固然值得担忧，总还不偏离人的道路。一旦我们的意念顺着轨道往偏邪的道路如火车开去，出发的时候好像没有什么，走远了，就难以回头了。所以，向前走的时候每天反顾一下，看看自我意念的轨道是多么重要呀！

我们不止要常常擦拭自己的心灵之镜，来照见世间的真相；也要常常照照镜子，看看自己的长相与昨日的不同；更要照心灵之镜，才不会走向偏邪的道路。卖猫头鹰的人每天面对猫头鹰，就像在照镜子，我们面对自己俗恶的习气，何尝不是在照镜子呢？

想到这里，有一个人与我错身而过，我闻到栗子的芳香从他身上溢出，抬头一看，果然是天天在街角卖糖炒栗子的小贩。

第二卷 | **有生命力的所在**

不一定是天堂

有一位神父告诉我一件真实的事。

他在神学院快毕业的时候，老师对他们说："你们接受了几年神学的教育，对天堂的状况已经很了解了，在毕业之前，我希望你们每一个人轮流起来报告自己心目中的天堂。"

这些即将作神父的学生，一一站起来报告自己心目中的天堂。在报告的过程中，大家愈听愈惊慌，竟然没有两个人心目中的天堂是相同的。

等到学生全部报告完了，教室陷入一片完全的静默，因为没有一个人能确定自己的天堂才是对的。

老师看到大家那么严肃的样子，忍不住笑起来，对学生说："每个人心目中的天堂都不同，才是正常的，因为天堂是心的向往，并没有固定的形式，每个人心中的天堂都不一样了，何况是人间的事，因此，你们当了神父应该远离争辩，把重点放在唤起人的向往。"

神父说，听了这一段话，他从此失去和人争辩的兴趣。

我听了神父的话，从此也不再和人争辩。

我想，天堂虽然每个人都不同，但心的向往是可以互相影响和循环的。

永续今好

人近中年，每次有朋友来闲聊，谈到后来总不免落入人生无常的感叹，无常之感不只是对我们这些平凡的人，许多在事业名望上辉煌过的人，更是能感到无常追人。

无常虽然迫人，大家也都有想要超越解脱的心，奈何都已走上了一条难以返回的道路，一个人有了名利、权位，可以有种种享受，但心却不能安顿，依然彷徨无依，益发使我们感到现代社会的无助与寂寞。

这使我想起隋朝有一位海顺和尚，他写过一首《三不为篇》的诗歌集，歌词十分优美动人，虽是出家人的悟道之诗，也可以拿来作为现代居士的觉悟之歌。诗歌这样的：

一

我欲偃文修武，身死名存；
斫石通道，祈井流泉；
君肝在内，我身处边。
荆轲拔剑，毛遂捧盘，

不为则已，为则不然。

将恐两虎相斗，势不俱全。
永续今好，长绝来怨，
是以返迹荒径，息影柴门。

二
我欲刺股锥刃，悬头屋梁；
书临雪彩，牒映萤光；
一朝鹏举，万里鸢翔。
纵任才辩，游说君王，
高车返邑，衣锦还乡。

将恐鸟残以羽，兰折由芳。
笼餐诖贵，钩饵难尝，
是以高巢林薮，深穴池塘。

三
我欲炫才鬻德，入市趋朝；
四众瞻仰，三槐附交；
标形引势，身达名超。
箱盈绮服，厨富甘肴，

讽扬弦管，咏美歌谣。

将恐尘栖弱草，露宿危条。
无过日旦，靡越风朝，
是以还伤乐浅，非唯苦遥。

　　一个年轻人向往功名利禄，希望能文武双全、一步登天、衣锦荣归、享受荣华，原是非常自然的，可是当我们向一个自己订的标准迈进的时候，往往对隐伏的生命陷阱视而不见，于是到最后落得"两虎相斗，势不俱全"、"鸟残以羽，兰折由芳"、"尘栖弱草，露宿危条"的下场。

　　所以，一个人要想拥有今天的好，免得来日留下遗憾，就应该清楚地看见权势、名位、享受都是日旦风朝的事，像是云烟过眼，不是生命终极的寄托。

　　看清生活道路的实相，并不意味着我们要过消极的生活，而是要及早在心里留一个自我的空间；也不意味着不要在人生里成功，而是要在成功时淡然，在失败时坦然！

　　人到中年并不可怕，人到老年也没有什么可怕，因为这是自然之道，是生命一定的进程，怕的是步入生命的后半段时，名利之心不但没有转淡，反而趋浓；欲望的焚烧不但没有和缓，反而激烈；为人行事的步履不但没有从容，反而躁进……那么，不管外表看来多么风光，也是值得可哀的了！

海狮的项圈

旧金山的渔人码头，有一处海狮聚集的地方，游客只能远距离地观赏，码头上贴着布告："此处码头属美国海军所有，喂食、丢掷或恐吓海狮，移送法办。"

美国在保护野生动物这方面，确实是先进国家，连"恐吓"动物都会被法办哩！

出神观看海狮的时候，一群小孩子吱吱喳喳地走到码头，由两位年轻的女老师带领，原来是幼稚园的老师带小朋友来看海狮，户外教学。在码头边的大人纷纷把最佳的观赏位子让出来给小朋友——在礼让和疼惜老弱妇孺这方面，美国也是先进国家。

我听到幼稚园的老师对小朋友说："你们有没有看到右边那只海狮脖子上有一个圈？"

"有！"

"那不是它的项链，而是它的伤痕，这只海狮小时候在海里玩，看到一个项圈，它就钻进去玩，没想到钻进去就拿不出来，小海狮一直在长大，项圈愈来愈紧，就陷进肉里，流血、痛苦，就在它快被勒死前被发现了，把线圈剪断才救了它。"

小朋友听得入神，脸上都露出十分痛苦的表情。

　　"所以，你们以后千万不要乱丢东西到海里，可能会害死一只海狮。"

　　老师带着小朋友走了。

　　我在清晨的渔人码头深受感动，这就是最好的教育，但愿我们的老师也都能这样地教育孩子。

　　海狮的项圈是无知与野蛮的项圈，我们的许多大人都戴着这样的项圈而不自知。我们要教孩子懂得疼惜与关爱众生，就要先取下我们无知与野蛮的项圈呀！

水中的金影

从前有一个人走过大池塘边，看到水底有金色的影子，很像黄金。

他立即跳入水里要找金子，他把水里的泥土一捧一捧地捞起来，一直把整个的池塘搅得混浊不堪，自己又累得要命，只好爬回岸边去休息。过了一会，池水清澈之后，又看到那金色的影子。

他说："这水底有真金，我明明看见的，可是捞了这么久都没有捞到，才弄得这么疲惫。"

父亲仔细地凝视水底真金的影子，立刻知道那金子是在岸边的树上，为什么会知道呢？因为既然影子在水底，金子就不会在水底，影子乃是金子的投射。

后来，他听了父亲的话到树上去找，果然就找到了真金，父亲就说："这可能是飞鸟衔金，掉落到树上的！"

这是释迦牟尼佛在《百喻经》里讲的"见水底金影喻"，是用来解释无我的空性的，最后，佛陀说了一首偈："凡夫愚痴人，无智亦如是。于无我阴中，横生有我想。如彼见金影，勤苦而求觅，徒劳无所得。"

我很喜欢这个故事，因为它充满了优美的比喻与联想，我们因为执着于"我"，于是就拼命去追求，就好像一直搅动真实的净水，而失去生命的真相。当我们以水中的金影当成真实的时候，我们就会一再地跳入水中，到最后只剩一身的徒劳，什么也得不到。

如果水中的金影到最后令我们发现了树上的黄金，那还是好的，最怕的是看见了夕阳的倒影就跳入水中的人，找了半天一上岸，天色已经黑了。

我们如果常常反思人的欲望，会发现现代人的欲望比从前的人复杂强烈得多，生之意趣也变得贫乏得多。为什么呢？因为一来追求的事物多了，人人都变得忙碌不堪；二来生命的永不满足，使人无法静思；三来所掌握的东西，都是短暂虚幻不实的。

有很多的人认为现代人比古代人富有，其实不然，真正的富有是一种知足的生活态度，有钱而不知足的人并不富有，能够安于生活的人才是富有。

于是，我们看到了，现代人住在三十坪的房子，觉得需要五十坪才够。有汽车开了，还追求百万的名车。吃饱了穿暖了，还要追逐声色。到最后，还要一个有排场的葬礼，和一块山明水秀的墓地。

于是，我们夜里在庭院里聊天的生活没有了，我们在田园里散步的兴致没有了，我们和家人安静相聚的时间没有了，我们坐下来反省的时间没有了，到最后，连生命里的一点平安都没有了。

从前在农村，年纪大的人都可以享受一段安静的岁月，让生命得到安顿。现在的老年人，非但不知道黄金在树上，反而自己投身于水中金影的捕捞了，我们看到了全身瘫痪而不肯退休的人，看到了更改年龄以避免退休的人，看到了七八十岁的人还抓紧权利、名位而不肯轻放的人！老人不把静思的智慧留给世界，还跳入水里抓金，这是现代社会里一种令人悲哀的局面。

我常常想，这个世界的人，钱越多越是赚个不停，人越老越是忙个不停，我真不知道，大家是不是有时间来善用自己所赚的钱，是不是肯停下来想想老的意义。

停下脚步，让搅动的池水得以清净吧！

抬头看看，让树上的真金显现面目吧！

平凡最难

与几位演员在一起，谈到演戏的心得。

有一位说："我喜欢演冲突性强的人物，生命有高低潮的。"另一位说："怪不得你演流氓演得好，演教师就不像样了。"

还有一位说："每次演悲剧就感觉自己能完全投入，演得真是悲惨，可是演喜剧就进不去，喜剧的表演真是比悲剧难呀！"另外一位这样答腔："那是由于在本质上，人生是个悲剧，真实的痛苦很多，真实的快乐却很少。"

大家七嘴八舌地讲自己对演出与人生的看法，却得到了两个根本的结论，一是不管电影、电视或舞台，演流氓、妓女、失败者、邪恶者、落拓者总是容易一些，也可以演得传神，那是因为大家对坏的形象有一种共同的认知；可是对善良的、乐观的人生却没有共同的标准。二是全世界最难演出的人，就是那些平顺着过日子、没有什么冲突的人，像教师、公务员、小职员、家庭主妇，因为他们的一生仿佛一开始就是那个样子，结束也就是那个样子了。

一个演员感慨地说："平凡是最难演的呀！"

我们如果把这句话稍做转换，可以变成是："平凡是最难的呀！"或者说"安于平凡是最难的呀！"尤其是当一个人可以选择轰轰烈烈的过日子时，他却选择了平凡；当一个人只要动念就可能获名求利满足欲望时，他却选择了平凡；当一个人位高权尊力能扛鼎时，他毅然选择了平凡。

最难得的是，一个人在多么不平凡的情况下，还有平凡之心，知道如何走进平凡人的世界，知道这世界原是平凡者所构成，自己的不平凡是多数人安于平凡所造成的结果。

平凡者，就是平顺、安常、知足，平凡人的一生就是平安知足的一生。一个社会格局的开创固然需要很多不凡人物的创造，但一个社会能否持久安定维持文化的尊严与品格，则需要许多平凡人的默默奉献与牺牲。

每个人青年时代的立志，多是要做顶天立地的大丈夫，要做叱咤风云的大人物，可是到了后来才发现，其实自己也不过是社会里平凡的一分子，没能成为真正的大英雄大豪杰。但我们从更大的角度看，那些自命为大人物者，何尝不也是宇宙的一粒沙尘呢？

这并不是说我们不要立大志，而是当我们往大的志向走去时，不管成功或失败，都要知道"平凡最难"！

平凡不只是演员在戏台上最难扮演，在实际人生里也是最难的一种演出。

有生命力的所在

南部的朋友来台北过暑假，我带他去看台北两处非常有生命力的地方。

我们先去士林夜市，士林的夜市热闹非凡，有如一锅滚热的汤，只有台语"强强滚"才可形容。

二十年来，我去过无数次的士林夜市，但永远搞不清楚它到底有多大，只是感觉它的范围不断在扩大，并且永远有新的摊贩到夜市里来。唯一不变的是，只要到士林夜市就可以看见很多在生活中努力的人，夜市的摊贩不论冬夏都在为生活打拼。

我看到卖炒花枝的三个女人，脚上都穿着爱迪达的跑鞋，她们一天卖出的炒花枝是无法计数的，一锅数十碗的花枝，总是一眨眼就卖光了。

我看到卖果汁的一对夫妇，两个人照顾七台果汁机，左手在打木瓜牛奶，右手却在倒西瓜汁，不论来了多少客人，他们总是一样准确、快速、有效率。

我看到卖铁饭烧的人，脖子上缠着毛巾，汗水仍从毛巾流到胸前，实在是太热了，他每做一轮的铁板烧，就跑到水龙头去以冷水淋身，来消去暑气。

朋友问我说："听说士林夜市的摊贩都是戴劳力士金表、开宾士（奔驰品牌的台湾译法）轿车来卖小吃，既然那么有钱，又何须出来摆摊呢？"

我说："有钱而能坐下来享受，是很好的事。但有钱还能不享受，依然努力工作，才是更了不起的。"

大概是士林夜市中澎湃的生命力确能带给人启示吧！像如此焕热的暑天，气温在卅五度以上，还是有很多人走出冷气房，到夜市里来逛。

接着，我带朋友到忠孝东路去逛地摊。不知道从什么时候开始，忠孝东路两边的人行道，每到百货公司打烊之后，就形成一个市集，从延吉街开始一直排到复兴南路，全部都是铺在地上的地摊。

这些摊贩有几个特色，一是摆东西的布巾，大约只有两个桌面大，非常简单轻便。放在布巾上的东西，样样都是整整齐齐的，与一般传统地摊堆成一团的样子完全不同。

一是摆地摊的人都非常年轻帅气，男生英俊，女生美丽，比逛街的人还要显眼。我对朋友说，这些年轻人有的是学生，有的是白天上班的上班族，夜里出来赚外快，所以摊贩的族群与传统为了生活而出来摆地摊的摊贩，是很不相同了。

"我从前生活感到郁卒的时候，就会一个人跑到夜市或忠孝东路，看到那些不管自己的心情好不好都努力出来工作的摊贩，就仿佛被他们撞击了心门，心突然打开了。"我说。朋友看着屋檐下的摊贩，也表示了同感。

台湾的经济发展其实没有什么秘密，是因为有许多充满生命力的人居住其间。

夜里从忠孝东路回家，想到不久前有几位年轻力壮的青年，绑架勒索杀死一位暴富的老农夫。他们作案的理由是："从监狱出来后，因社会的不能接纳，赚不到钱，才铤而走险。"社会的不能接纳只是借口，我们的社会从来不会去问夜市的摊贩："你有没有前科？"我们的社会也从来不会排斥或看轻那些为生活打拼的人。

听说士林夜市生意比较好的摊子，每个月可以净赚五六十万（在夜市摆摊的朋友告诉我），我听了只有感佩，觉得一个奋力生活的人不要有任何借口，因为"一枝草，一点露"①，"要做牛，免惊无犁可拖"②。

①闽南一带俗语，劝慰世人在逆境中不要灰心丧气，只要努力拼搏，勇往直前，总有成功之日。
②台湾俗语，意思是一个人只要肯吃苦，就不怕没有工作，不能生活。

写在水上的字

生命的历程就像是写在水上的字，顺流而下，想回头寻找的时候总是失去了痕迹，因为在水上写字，无论多么的费力，那水都不能永恒，甚至是不能成型的。

如果我们企图要停驻在过去的快乐里，那真是自寻烦恼，而我们不时从记忆中想起苦难，反而使苦难加倍。生命历程中的快乐和痛苦，欢欣和悲叹都只是写在水上的字，一定会在时光里流走。

身如流水，日夜不停流去，使人在闪灭中老去。

心如流水，没有片刻静止，使人在散乱中活着。

身心俱幻正如在流水上写字，第二笔未写，第一笔就流到远方。

爱，也是流水上写字，当我们说爱的时候，爱之念已流到远处。美丽的爱是写在水上的诗，平凡的爱是写在水上的公文，爱的誓言是流水上偶尔飘过的枯叶，落下时，总是无声的流走。

既然是生活在水上，且让我们顺着水的因缘自然地流下去，看见花开，知道是花的因缘具足了，花朵才得以绽放；看见落叶，知道是落叶的因缘足了，树叶才会掉下。在一群陌生人之间，我们总是会遇见那些有缘的人，等到缘尽了，我们就会如梦一样忘记他的名字和脸孔，他也如写在水上的一个字，在因缘中散灭了。

我们生活着为什么会感觉到恐惧、惊怖、忧伤与苦恼，那是由于我们只注视写下的字句，却忘记字是写在一条源源不断的水上。水上的草木一一排列，它们互相并不顾望，顺势流去，人的痛苦是前面的浮草只是思念着后面的浮木，后面的水泡又想看看前面的浮沤。只要我们认清字是写在水上，就能够心无挂碍，没有恐惧，远离颠倒梦想。

在汹涌的波涛与急速的漩涡中，顺流而下的人，是不是偶尔抬起头来，发现自己原是水上的一个字呢？

这种发现，是觉悟的开始，是菩提的芽尖。

玫瑰与刺

在为玫瑰剪枝的时候，不小心被刺刺到，一滴血珠渗出拇指，鲜红的血，颜色和盛放的红玫瑰一模一样。

玫瑰为什么要有刺呢？我在心里疑惑着。

我一边吸着手指渗出的血珠一边想着，这作为情侣们爱情象征的玫瑰，有刺，是不是也是一种象征呢？象征美好的爱情总要付出刺伤的代价。

把玫瑰插在花瓶，我本想将所有的刺刮去，但是并没有这样做，我想到，那流入玫瑰花的汁液，也同样流入它的刺，花与刺的本质原是一样的；就好像流入毛虫的血液与流入蝴蝶的血液也是一样的，我们不能只欣赏蝴蝶，不包容毛虫。

流在爱情里的血液也是一样呀！滋润了温柔的玫瑰花，也滋润了尖锐的棘刺。流出了欢喜与幸福的，也流出了忧伤与悲痛。在闪动爱的泪光中，也闪动仇恨的绿光。

但是我始终相信，真正圆满纯粹的爱情，是没有任何怨恨的，就像我们爱玫瑰花，也可以承受它的刺，以及偶然的刺伤。

忧伤之雨

下雨的时候走在街上，有时会不自觉地落下泪来，心里感到忧伤。

有阳光的时候走在街上，差不多都能保持愉快的心，温暖地看待世界。

从前不知道原因何在，后来才知道，水性不二，我们心中的忧伤不就是天上的雨吗？明性也不二，我们心中的温暖就会与阳光的光明相映。

下雨天特别能唤起我们的悲心，甚至会感觉到满天的雨也比不上这忍苦世间所流的泪。

由于世间是这样苦，雨才下个不停。我相信，在诸佛菩萨的净土一定是不下雨的，在那里，满空的光明里，永远有花香随着花瓣飘飘落下。

在苦痛的时候，我们真的可以感受到每一滴雨水，都是前世忧伤的泪所凝结。

雨，是忧伤世间的象征，使我看见了每一位雨中的行人，心里都有着不为人知的隐秘的辛酸。

但想到我们今生落下的每一滴泪，在某一个时空会化成一粒雨珠落下，就感到抬头看见的每一颗雨珠都是我们心田的呈现。

　　下雨天的时候，我常这样祈愿：

　　但愿世间的泪，不会下得像天上的雨那样滂沱。

　　但愿天上的雨，不会落得如人间的泪如此污浊。

　　但愿人人都能有阳光的伞来抵挡生命的风雨。

　　但愿人人都能因雨水的清洗而成为明净的人。

　　这样许愿时，感觉雨和泪都清明了起来。这样许愿时，使我知道，娑婆世界的雨也是菩萨悲心的感召。

微波炉

我的岳母万里迢迢，从美国为我带了一个微波炉回来。

她的理由是，微波炉是美国家庭必备的用具，也是现代家庭不可或缺的，因此她不惜以七十岁的高龄扛微波炉上飞机，并且从乡下特别带来给我。

我一向对现代科技的东西存有疑虑，但不忍心拒绝岳母的好意，只好接受了。

我很快地学会用微波炉，也依着微波炉食谱学会几道菜，最让我疑惑的是，微波炉做的菜，几乎没有一样是好吃的。

原因何在呢？一是缺少人味，人在做菜时可以随时调整口味，微波炉只重视结果，一按键就定江山了，二是太过快速，在食品的味道还没有出来时，就煮好了。

所以，才过不了多久，我们就把微波炉收在储藏室了。

在我们这个时代，为了贪图方便和快速，科学家制造出许多东西，却没想到付出更大的代价。

有了电视，人们不再敏于思想。

有了电话，人们付出了自由的代价。

有了核能，人们丧失了自然的资源。

有了洗衣机，人们不再劳动，付出了骨刺和坐骨神经的代价。

有了摩托车、汽车，人们不再走路，付出痔疮、中风、高血压、心脏病的代价。

这些看来非常有用的事物都有反面的作用，何况是那些手枪、飞弹、潜艇等无用的东西呢？

老子曾经说过："我有三宝，持而保之。一曰慈，二曰俭，三曰不敢为天下先。慈故能勇，俭故能广，不敢为天下先，故能成器长。"

我们能慈爱，就能因爱护别人生起勇气。

我们能节俭，不追求物欲，就会有广大的心。

我们不敢居天下人之先，才能成为万物的主宰。

现代的科技正是反其道而行，使人逐渐物化，失去人味，失去慈爱的心；使人追求物欲，灵性狭窄；使人追求时髦，想抢在天下人的前面，反而成为物质的奴隶呀！

让我们来试试看，在生活里是不是有几天不要电话、电视、汽车、微波炉，甚至不要用电，看我们还能不能活下去？

如果活不下去，表示我们的自我已经不完全了！

常民与常心

　　蒋公的孙子、蒋经国先生的儿子蒋孝武，不久前过世了，他同父异母的哥哥章孝严写了一篇感人的文章悼念他，其中提到蒋孝武先生内心里十分渴望做一个平常人，有平常的心，过平常的生活，可惜由于家世背景，使他连这最普通的渴望都难以实现。他过世前的最后几年，心里因此有很大的挣扎，笃信佛教，到几乎快要实现做平常人愿望的时候，竟不幸与世长辞了。

　　我读到这篇文章，深深感受到做为一个平常人是多么幸福的事，而假使有一个不平常的家世背景，还能拥有平常身心是多么难得的事。这使我想起明朝的冯梦龙在《警世通言》中的两句诗"踏破铁鞋无觅处，得来全不费工夫"，平常人无法珍惜平凡、平常、平淡的生活，那是由于得来全不费工夫，豪贵之家的子弟不知平常生活，故踏破铁鞋无觅处呀！

　　白居易有两句诗也可以表达这种意境"金谷太繁华，兰亭阙丝竹"，一个人在繁华的时候，很难体验真淳的可贵，等到"繁华落尽见真淳"的时候，往往已经来日无多，如何培养一种胸襟，在繁华之际便知道真淳的可贵，在不凡的时候，就认识能平凡生活实在是人生的幸福。

最近电视上有一个泰山午后茶的广告，文案说："伟大人物也有平凡人的追求"，给我非常深刻的印象，这句话如果再加上一句就更完整："平凡人物也要有伟大的怀抱。"当然，如果以"伟大人物"做标准，所有的伟人几乎都不是"天纵英明"，而是经过长期的努力奋斗，甚至挣扎，也就是说伟大的事功其实都是平凡人所创建的，但一个有伟大事功的人是否能幸福，则在于伟大之后还有没有平常心。

"平常心"是一些炙手可热的人常挂在嘴上的东西，当我们看到一位政治人物上台下台的时候，他都会说要有平常心，而富豪在财富起落的时候，也会自况说有平常心。但是，真实的平常心是什么呢？

"平常心"原是禅宗的用语，最早提出平常心的是马祖道一禅师，他说："道不用修，但莫污染。何谓污染？但有生死心，造作趣向，皆是污染，若欲直会其道，平常心是道……行住坐卧，应机接物，皆是道。"

后来，临济禅师加以演绎，落实于生活说："佛法无用功处，只是平常无事，屙屎送尿，着衣吃饭，困来即卧，愚人笑我，智乃知焉。"

可见一般人所说的"平常心"，只是从字意上作解，并不能触及平常心的本质。

平常心的本质是：

平——稳定、平衡、轻松。

常——恒常、不乱、不变。

在一般人的日常生活中有很多平常心的时刻，例如吃饭、上班、散步、洗澡、睡觉，由于习以为常，反而没有另一个"心"去看，到那个"平常心"浮起的时候，往往是到了生活反常的境地，是在痛苦、失败、不安、压力、烦恼、散乱、生气的反常时刻，我们会转而看见平常心，往往这时要追求平常心就很难了。

可以如是说：一般人在平常生活中不知平常心，动荡时察觉平常心可贵之时，平常生活已经远离了。

平常心与平常生活是大有关系的。

我们可以用大家最熟悉的公案来看平常心：

一、见山是山，见水是水。

在这个层次是"平常的心，平凡的生活"，也即是五官五识的自然反应，是一种"全迷"的见地，平凡人的生活使得人没有伟大的识见，因此以执着为中心，看到山水时执着于山水，看到钱执着于钱，看到爱就执着于爱，认为那是真实不变的本体。

二、见山不是山，见水不是水。

这个层次是"不平凡的心，不平常的生活"，即是一个人打破执着的过程，执着与觉悟同时生起，这个过程活在半梦半醒之间，看见山水会同时知道山为土石树木所成，水也有许多变化；看到钱，同时觉悟到自己的贪欲；看到爱，同时知觉到情爱之无常，了知感官与情识所觉受的，并无真实不变的本体。

三、见山还是山，见水还是水。

这个层次的"平常身心，平常生活"，是说一个有觉悟的人，他和世界处于"不即不离，若即若离"的关系，他的眼中有钱、有爱、有山水，有一般的生活，但都像镜子一样反映出本来的面目，因此他不执着于金钱、爱情、山水，乃至于不执着于一切。这才是真实的平常心。

平常百姓的可贵，就在于平常生活理所当然，只要有觉，立刻就进入平常心地。家世、豪贵、有事功的人要追求平常心之不易，就在于必须先放下身段，及一切外在的价值，能安于常民的生活，才能体会到平常心值得珍惜。

从前，有一位无相大师，有两个弟子，一个敏慧，一个朴直，他常常给弟子的教化是："修行就是宁做傻瓜。"

有一天，寺院里下了大雨，无相大师叫弟子："下大雨了，快拿东西来接雨。"

敏慧的弟子，从屋内冲到大殿，手里拿一个木桶，无相大师说："这么大的雨，拿这么小的桶，真是傻瓜！"弟子听了很不开心，把木桶一放就走了。

朴直的弟子找不到东西，随手拿一个竹篓出来接雨，无相大师看了又好气又好笑，说："真是个不折不扣的大傻瓜呀！"弟子听了非常开心，因为师父常说："修行的要义，就是宁做傻瓜"，现在不就是对我最大的赞美吗？"呀！太棒了！我是个不折不扣的大傻瓜！"这时心开意解，竟然开悟了。

我们如果不能做到宁为傻瓜，也宁可做平常人、有平常心，这种常民生活看来卑之无甚高论，但是一切可贵的心行志业都由此而生，而且是许多不平常身世的人，追求到死都还没有得到的东西呢！

"下大雨了，快拿东西来接雨！"哈，生活就是这样呀！真好！

电磁炉

泡茶用的电磁炉坏了，我拿去原来购买的小店修理。

"有没有保证书？"小店的老板问我。

"没有，遗失了。"

"那怎么能证明是在我的店里买的呢？"他又问。

这突如其来的问话，使我怔住了，我说："如果不是在这里买的，我又怎么会拿回来修理呢？"

"不行，一定要有保证书才行，否则我们不修的，你可以拿到别家店去修呀！"

"就算我不是在你们这里买的，你帮我修理，我付修理费可以吗？"

"还是不行，我们没有保证书是不修理的，我看，你再买一台新的吧！"

我怎么可能向这种不服务顾客的店再买任何东西呢？即使一个十块钱的灯泡，我也不会买的。

果然不出所料，过不到一年，那一家小电器行关门倒闭了，每次我路过的时候都想到，这世间有许多只求近利的人，他们很难知道为别人服务就是最大的利润。

　　我也想到，像"保证书"这种东西愈是必要，其实是显示了人与人的互信愈来愈稀薄了。

　　像"电磁炉"这种东西只能适用于铁器，才能产生温热，可悲的是世上没有感情的磁性的人、不能因感应而生起温暖的人，实在太多了。

花季与花祭

住在阳明山的时候，在春天将过尽的时候，有人问我："今年怎么没有上山去看花？花季已经结束了，仅剩一些残花呢！"言下之意有些惋惜之情。

往年的春天，我总会有一两次到阳明山去，或者是去看花，或者是去朋友家喝刚出炉的春茶，或者到白云山庄去饮沁人的兰花茶，或者到永明寺的庭院里中去冥想，或者到妙德兰若去俯视台北被浓烟灰云密蔽的万丈红尘。

当然，在花季里，主要的是看花了。每当在春气景明看到郁郁黄花、青青翠竹，洗过如蒸汽洗涤的温泉水，再回到黄尘滚滚的城市，就会有一种深刻的感叹，仿佛花季是浊世的界限，只要不小心就要沦入江湖了。

看完阳明山的花，那样繁盛、那样无忌、那样丰美，正是在人世灰黑的图画中抹过一道七彩霓虹，让我们下山之时，觉得尘世的烦琐与苦厄也能安忍地渡过了。

阳明山每年的花季，对许多人来说因此是一场朝圣之旅，不只向外歌颂大化之美，也是在向内寻找逐渐淹没的心灵圣殿，企图拨开迷雾，看自己内心那朵枯萎的花朵。花季的赶集因此成形，是以外在之花勾起心灵之花，以阳春的喜悦来抚平生活的苦恼，以七彩的色泽来弥补灰白的人生。

每年的花季，我就带着这样的心情上山，深感人世每年花季，都是一种应该珍惜的奢侈，因而就宝爱着每一朵盛开或将开的花，走在山林间，步子就格外的轻盈。呀！一年之中若是没有一些纯然看花的日子，生命就会失落自然送给我们的珍贵的礼物。

可叹的是，二十年来看花的人。年年在增加，车子塞住了，在花季上山甚至成了艰难困苦的事情。好不容易颠簸上了山，人比花多，人的声音比鸟的声音更显喧闹，有时几乎在怀疑是否在忠孝东路。恶声恶气的计程车司机，来回阻拦的小贩，围在公园里唱卡拉OK的青年，满地的铝罐与饮料瓶……都会使游春的赏花的心情霎时黯淡。

更令人吃惊的是，有时花赏到了一半，突然冒出一棵树枝尽被摘去，只余数顶两三株残花的枯树。我一直苦思那花枝的下落而不可得，有一次在夜市里看人卖梅花才知道了，大枝五十元，小枝三十元，卖的人信誓旦旦地说是阳明山上的花。

心情的失去，也使我失去了今年赏花的兴趣。

住在山上的朋友则最怕花季。每年的花季，上班与回家便成为人生的痛苦折磨，他说："下了山，就怕回家；回了家就不敢出来了。真是痛恨什么的鬼花季呀！"因为花季，使住在花园里的人不敢回家；因为花季，使真正爱花的人不敢上山赏花；因为花季，纯美的花成为庸俗人的庸俗祭品。真是可哀！

我想到，今年也差不多是花季的时候，我到美浓的"黄翠蝶谷"去看黄蝶，盘桓终日，竟连最小的一只黄蝶也没有看见，只看到路边的卖烤小鸟和香肠的小贩，甚至也有卖野生动物和蝴蝶标本的。翠谷里，则是满谷的人在捉鱼、捞虾、烤肉……翠谷不再翠绿了，黄蝶已经渺茫了，只留下一个感叹的无限悲哀的名字"黄翠蝶谷"。

陪我同去的人告诉我，这翠谷即将建成水库，水库一建，更不可能有黄蝶了，附近美丽的双溪公园和广大的南洋杉都会被淹没，来这里的人多少是抱着一种朝圣的心情，好像寺庙将拆，大伙儿相约来烧最后一炷晚香。

我的晚香就是我的悲凉的心情。我用无奈的火苗点燃叫做惋惜、遗憾、心痛的三炷晚香，匆匆插在溪谷之中，预先悼念黄蝶的消失，就默默离开了。

花是生前的蝶，蝶是生前的花，它们相约在春天，一起寻访生命的记忆。蝶与花看起来是多么的相似，一只蝶专注地吸食花蜜时，比花更艳静得像花；一朵花在风中摇动时，比蝶更翻飞得像蝶。因此，阳明山的花季和美浓溪谷的黄蝶，引起我的感伤也十分近似。

蝶的诞生、花的开放，其实是一种最好的示现，示现了人生的美丽的确短暂，在我们生命中一切的美丽真的只是一瞥。一眨眼间，黄蝶飘零，春花萎落，这是人生的无常，也是宇宙的无常。花季正是花祭，蝶生旋即蝶灭，只是赏花看蝶的人很少做这样的深思，因此很少人是庄子。

失去了蝶的谷还有生机吗？

落了花的山林是不是一样美丽呢？

在如流云的人生，在如雾如电的生活，偶然的一瞥是不是惊动我们的心灵呢？

我们不能深思，不能观照，因而在寻花、觅蝶的过程，心总是霸道的。我们即不怜香，也不能惜蝶，只是在人生中匆匆赶集，走着无明刚强的道路，蝶飞走的时候，再也没有人去溪谷，花凋零的时候，再也无人上山了。

好不容易花季终于过去了，梅雨季节就要来临，我决定找一个清晨到阳明山去。

"过两天我上山去看花祭。"我对朋友说。

"可是，花季已经结束了啊！"朋友说。

我说："花祭，是祭奠的祭，不是季节的季。"

"喔！喔！"

心里常有花季的人，什么时候都是很好看的。即使花都谢了，也有可观之处。

心里常有彩蝶的人，任何时候都是充满了颜色，有飞翔之姿。

"花都谢了，还有什么可看的呢？"朋友疑惑地说。

"看无常啊！"

无常，才是花开花谢、蝶生蝶灭最惊人的预示！

无常，才是人世、山林、浊世、净土中最真实的风景。

油面摊子

家附近有一担卖油面的小摊子，我平常并不太注意，有一回带孩子散步路过，看到生意极好，所有的椅子都坐满了人。

我和孩子驻足围观，这时见到卖面的小贩把油面放进烫面用的竹捞子里，一把塞一个，刹那之间就塞了十几把，然后他把叠成长串的竹捞子放进锅里烫。

接着，他以迅雷不及掩耳的速度，将十几个碗一字排开，放作料、盐、味素等，很快地捞面、加汤，十来碗面煮好的过程还不到五分钟，我和孩子看呆了。更令人赞叹的是，那个煮面的老板还边与顾客聊着闲天。

在我们从面摊离开的时候，孩子突然抬起头来说："爸爸，我猜如果你和卖面的老板比赛卖面，你一定输！"

对于孩子突如其来的谈话，我感到莞尔，并且立即坦然承认，我一定输给卖面的人。我说："不只会输，而且会输得很惨，这个世界上能赢过卖面老板的人大概也没有几个。"

后来我和孩子谈起了他的爸爸在这世界上是输给很多人的。

接下来的几天，就像玩游戏一样，我带着孩子到处去看工作中的人，我们在对角的豆浆店看伙计揉面粉做油条，看油条在锅中胀大而充满神奇的美感，我对孩子说："爸爸比不上炸油条的人。"

我们到街角的饺子店，看一位山东老乡包饺子，他包饺子就如同变魔术一样，动作轻快，双手一捏，个个饺子大小如一，煮出来晶莹剔透，我对孩子说："爸爸比不上包饺子的人。"

我们在市场边看见一个削梨子与芭乐的小贩，他把水果削好切片，包成一袋一袋准备推到戏院去卖，他削水果时，刀子如同自手中长出，动作又利落、又优美，我对孩子说："爸爸比不上削水果的人。"

就在我们生活四周，到处都是我比不上的人，这些市井小人物，他们过着单纯的生活，对生命有着信心与希望，他们的手艺固然简单，却非数十年的锻炼不能得致。

就在我们放眼这个世界的时候，如果以自我为中心，很可能会以为自己是顶尖人物，一旦我们把狂心歇息下来，用赤子之心来观照，就会发现自己是多么渺小。在人群之中，若没有整个市井的护持，我们连吃一套烧饼油条都成问题呀！这是为什么连圣贤都感叹地说："吾不如老农，吾不如老圃"的缘故，我们什么时候能看清自己不如人的地方，那就是对生命有真正信心的时候。

看到人们貌似简单、事实上不易的生活动作时，我觉得每一个人都值得给予最大的敬意，努力生活的人们都是可敬佩的，他们不用言语，而以动作表达了对生命的承担。

承担，是生命里最美的东西！

我时常想，我们既然生而为人，不是草木虫鱼，就要承担，安然接受人生可能发生的一切，除了安然地面对，还能保持觉悟，就是菩提了。一般人缺少的正是觉悟的菩提罢了。

在古印度人传统的观念里，认为只要是两条河交汇的地方一定是圣地，这是千年智慧累积所得到的结论。假如我们把这个观念提炼出来，人生何尝不是如此，在人与人相会面的那一刻，如果都有很好的心来相印，互相对流，当下自己的心就是圣地了。

油面摊子是圣地，豆浆店是圣地，水果摊是圣地……到处都是圣地，只是看我们有没有足够神圣的心来对应这些人、这些地方。当然，在我们以神圣的心面对世界时，自己就有了承担，也就成为值得敬佩的人之一。

我带着孩子观察了许多地方以后，孩子感到疑惑，他问："爸爸，那么你有什么可以比得上别人呢？"

我说："如果比写文章，爸爸可能会比得上那卖油面的老板吧！"

孩子说："也不会，油面老板几分钟煮好十几碗面，爸爸要很久才写完一篇文章！"

父子俩相对大笑，是呀，这世界有什么东西可以相比，有什么人可以相比呢？事实上，所有的比较都是一种执着！

再加两个苹果

一位小学老师对我说起他怎么改造一班小学生的秘诀。

他的学生在低年级的时候遇到一个非常严格的老师，给学生的作业很多，而给学生的评价却很低。在这位老师的笔下很少有学生可以得到甲，得到乙已经很不错了，有许多学生拿到丙、丁，使得学生的家长对自己的孩子都不谅解，学生对学习也逐渐失去了信心。

当这班学生升到他的班级的时候，他发现学生的学习情绪很低，每天的功课也只是勉强交差。更糟的是，学生都畏畏缩缩，小小气气，一点也没有小学生那种天真的模样。

"我开始把作业的最低分数定为甲下，即使写得糟的学生都给甲下，当然好一点的就是甲了，再好一些的是甲上。写得很不错的，我给他甲上一个苹果，真的很用心的则给他甲上两个苹果。"

老师所谓的"苹果"，只是一个刻成"苹果"的印章盖在甲上的旁边。

除此之外，每隔一段时间就发奖品，只要一个原来甲下的学生连得三个甲就给奖，依此类推。由于评分很宽，在每次发奖品的时候，几乎统统有奖，最小的奖是一张贴纸，最大的奖是一个铅笔盒。

这种画饼充饥的甲上加上两个苹果，使原来拿丙、丁的学生带回去的作业簿也有甲的佳绩，学生都变得欢天喜地，家长更是开心得不得了，非常善待那些原来被认为"顽劣的子弟"。

从此，好像变魔术一样，学生又有了开朗的笑容，天真的气色，特别是每次颁奖的时候，教室就像节日盛会一样，所有的学生全部改头换面，成为充满自信、容光焕发的孩子。

他说："不管是什么样的孩子，爱是最好的教育，而表达爱最好的方法是欢喜、奖励与赞赏。"

我听了老师的话，心里有很深的感触。我们大多数的人经历了人生的波澜后，往往会变成严苛、冷眼的人，在我们的内心形成许多的标准，并以这些标准来评价另一个人的标准。这些标准用来衡量身心成熟的大人，有时都感到难以负荷，何况是对一个稚嫩的孩子呢？

我们应该反过来想自己的一些初心，记得我的孩子出生的时候，我紧张地在病房外面等待，那时不知道会生出一个什么样的孩子，于是我双手合十向菩萨祈求："只要给我一个身体健康的孩子就好了。"

好不容易等到护士从里面把孩子抱出来给我看，她先把正面给我看，说："你看，眼睛、鼻子、嘴巴、耳朵、手脚都有了。"然后她把孩子转过来给我看背面，说："屁股、屁眼也都有了，一切正常，母子平安。"

当时我充满感恩的心，我们是多么幸运呀！生了一个四肢健全、身体健康的孩子。

大多数的父母都有过这样的经验，也就是我们对孩子的"初心"。可惜的是，等孩子长大了，万一功课不如人，我们就在心里对孩子生起嫌厌的心；如果不幸的孩子又进入"放牛班"，我们就感到无望，甚至舍弃了对孩子深刻的爱；等到孩子几年考不上大学，游手好闲的时候，简直是到了深恶痛绝的地步，恨不得孩子在我们眼前消失。

到了这样的时候，我们就失去了孩子刚诞生时那种欢喜的"初心"了。

其实，我们可以把丁提升到甲下，多给孩子甲上加两个苹果，使孩子对人生充满欢喜与热望。只要一个孩子有善良的心，那么功课差一点，读了"放牛班"、考了三年大学又有什么要紧呢？我们自己也并不是像想象中的那么杰出、那样有成就呀！我们是孩子的镜子，孩子也是我们镜中的影像，是互为镜子、互为表里的。

我很喜欢《正法眼藏》中记载磐山禅师的故事。磐山久修不悟，非常烦恼，有一天独自走过街头，看到一个人在肉摊前买猪肉，对肉摊老板说："给我切一斤上好的肉。"

肉摊老板听了，两手交叉在胸前说："请问，哪一块不是上好的肉呢？"

磐山禅师听了当场大悟。

我们的孩子哪一个不是上好的孩子呢?

真正从孩子身上看见生命的至真至美的人会发现,孩子不只配得上甲上加两个苹果,每一个孩子都是甲上加十个苹果的!

曾经有一位家长满脸愁容地来找我,因为他的孩子考试总是全班最后一名。

我说:"每一个学校的每一班都有最后一名,如果不是我们的孩子,就是别人的孩子。"

"但是,这孩子怎么办呢?"

"其实,现在你可以高枕无忧了,因为你的孩子再也不会往下掉了,从今以后,他只有向上走的一条路。"孩子是如此,我们的人生不也一样吗?遇到最坏的情况,那也不坏,因为"从今天起再也不会比这更坏了,只会更好起来。"

心的蒙太奇

最近重读被称为"蒙太奇之父"的爱森斯坦传记，还有他的著作《电影形式》《电影感》，与学生时代的感想完全不同，隐约找到一点禅味，心中十分快慰。

现在做电影的人，几乎无人不知爱森斯坦和蒙太奇，却少人知道爱森斯坦是如何创造蒙太奇理论的。

"蒙太奇"（Montage）原来是电影剪接的意思，在爱森斯坦的手中，它变成了创意、节奏、形式、灵感的综合，甚至成为一位杰出导演最重要的品质。

在爱森斯坦的自传里，他曾提过两次自己如何在创意中发现蒙太奇：

第一次是他在军事学校的东方语文系就读时，为了学习与俄文完全不同、几乎背道而驰的日文，他不眠不休地背诵日语，由于日语对俄国人的思考方式与文字次序是极为严酷的考验，使爱森斯坦学习到一种"非理性而情绪化的思考方式"，领悟到艺术创作也可以用非理性情绪化的思考来表达。

还有一次是爱森斯坦在波若雷卡剧院当导演时，每次排戏，一位引座招待员的七岁儿子总是在旁观看，爱森斯坦有一次看到那位男童的表情深受感动，觉得他那专注的神情甚至比舞台上的戏剧更动人。

他回忆说："有一天排戏的时候，我被那男孩一脸专注的神态吓呆了。那张脸，不仅反映了部分角色的面部表情与动作，简直就是舞台上整个演出过程的最佳写照，这个脸部动作与舞台上的演出同时进行，并且相互辉映，令我惊讶不已。"

我们今天看电影的人，都很习惯脸部特写与事件进行交互剪接、一起进行的技法，也能在事件情节分几条线同时进行的剪接中，不怀疑不同空间的"同时性"，正是始于爱森斯坦。

我觉得爱森斯坦在军校读日文的情景有点像禅宗里对公案的参究，而他在小男孩脸上看见的神情，则近于禅师的"启悟"，那都不是得自逻辑思维，而是心灵直观的精神。我在学生时代，有一位教导演学的教授很崇拜爱森斯坦，他常说："爱森斯坦对电影的重要性，一如爱因斯坦对科学的重要性。""相对论"与"蒙太奇"或许难以相提并论，但对于时空的不凡见解，则让人感觉到他们像禅师一样。

从"蒙太奇"，爱森斯坦发展出"吸引力蒙太奇"的理论，这理论有两个重要的观点，一是生活中再微小的事物，透过创造性的剪接，也可能产生伟大的观点。二是非理性或情绪化的运镜，可能是创造新境界的来源。

——古代的禅师以不合逻辑思维的方式来启悟学生，就是希望粉碎学生的僵化思想，来创造生命的新观点。他们认为悟是无所不在的，伟大的创见是无所不在的，所以才会说"喝茶去！""吃饭的时候吃饭，睡觉的时候睡觉。"如果有这样的平常心，生活都能恰到好处，了了分明，最平凡的地方也能有伟大的观点。

——我们试来看两则公案，一个僧问赵州："如何是祖师西来意？"赵州说："庭前柏树子。"二是僧问隆庆闲禅师："我手何以佛手？"答曰："月下弄琵琶。"看这些公案，我感觉，古代的禅师有一些简直是蒙太奇大师了。

爱森斯坦虽然常讲非理性（是指打破观众的惯性）是通达蒙太奇的手段。但他认为一位好的电影导演应该把创作分成两部分："一是创作性的，一是分析性的，分析是用来审查创作，创作则是用来验证理论之前提。"因此他发展了一种唯美的公式："我们并非因伤心而哭泣，而是因哭泣而伤心。"

——从禅修的观点来看，或者可以说："我们并非因禅修而开悟，而是因开悟而禅修。"开悟是创作性的，禅修是分析性的，禅修是用以审查开悟的境界，开悟的验证则是来自更深的禅修。"第一义"犹如创作的心灵是不可言、不可思议的，但一个人的智慧与定境则可以在人格上检知，这种检知不是无端的，是来自于反复思索、细心观察。

1898年出生于俄国瑞加的爱森斯坦，他成长过程中电影事业已经很发达，但形式已经僵化，因此在他年轻的时候，他一面极端热爱电影，一面极端向往改革，他把这种心情称为"最后的致命行动"。在发现"吸引力蒙太奇"之前，他写了一段笔记表明自己的心迹：

> 先精通艺术，再摧毁艺术。
>
> 首先，深入艺术之堂奥，参透其堂奥。
>
> 然后，精通艺术，成为一位艺术大师。
>
> 最后，揭开它的面具，并予以摧毁！
>
> 从那时起，艺术与我的关系，开始了崭新的局面。

  青年的爱森斯坦早就发现，任何艺术要沿袭旧的形式，失去创造的活力，艺术就会死亡，因此挽救艺术唯一的方法就是改革。但改革不是盲目的，先"入其堂奥""精通""成为大师"，才有摧毁的资格。

  ——禅修也是如此，是一种心灵的革命，要"大破"才能"大立"，要"大死"才能"大生"，要"大叩"才能"大鸣"，要"大痛苦"才会有"大解脱"！

  ——大慧宗杲禅师在开悟时，烧了师父克勤圆悟的《碧岩录》。丹霞天然禅师开悟之后，在冬天把寺里的佛像劈来取暖。赵州从谂禅师在开悟时，把穷半生之力注解的金刚经放一把火烧了……这是从入堂奥，精通，成为大师，再摧毁，最后开始了崭新的局面。

  ——开悟的大师太热爱禅了，因此要粉碎禅的形式，让每个人找到自己的禅心，而不是要后人跟随形式的足迹。因此，才说"不与千圣同步，不与万法为侣，不向如来行处行。"

被称为"二十世纪达文西"的爱森斯坦常说："我要赤裸裸地呈现艺术创作的基本天性。"他的特质是把不同的素材与单元合在一起产生全新的性质，他依靠直觉来拍电影，甚至在最后一刻都可能完全改变原先的构想，他常说："照素材召唤你的方式行动，在现场改变电影脚本，在剪辑时改变现场拍摄的镜头。"

这种方式是为了使电影惊奇、震撼、有力量，他说："我拍的电影，从来都不是'电影眼'，而经常是'电影拳'。我的电影中摄影机从来不是'客观证人'，事物也非由不带感情的玻璃所观察，我喜欢在观众鼻子上重击一下！"

——这些话使我想到禅宗的"棒喝"，时常给弟子重重的一拳，以使弟子前后际断，得到启发。为了保有禅的精神，必须放下对于禅的固定认知；为了开发心灵的活力，必须保有最强的张力。正如爱森斯坦以歌德的一句话作为信条："为了保持事实，有时你要冒一次险来违背事实。"我们也可以说："为了开发禅心，有时你要冒一次险来违背那些关于禅的教导。"

中年以后，爱森斯坦在莫斯科电影艺术学院教书，他对学生说的话感觉就像出自一位禅师，他说：

"世界上每一个人都可以经由学习而成为电影导演，有人要学三年，有人至少要学三百年，而我爱森斯坦需时恰好三个月，而且是半工半读。"

"你们今后拍第一部影片时，把蒙太奇和我全部忘掉！在这里，你们学习；在外面，你们却必须做。在做当中，你们会发现过去所学的种种。"

"如果要拍跌倒，就要跌得正好。"

——世界上每个人都可以经由学习而得到开悟，有的人要三年，有的人要三百年，有的人只是当下的一念。

——修行是通过不断的学习，开悟则是在实践之中。

——许多开悟是因为跌得正好，古代的禅师有很多是打破杯子悟道、踩到毒刺悟道，甚至摔下悬崖、跌断腿而悟道。

爱森斯坦对学生非常热情，注重启发甚于教导，有一次，一位学生要开拍第一部电影，去请教他，学生说："我明天就要开镜了，请老师给我一些忠告，什么都好。"

"很好！那么，你的第一个镜头是什么？"

"我要以最简单的开始，是一双靴子置于门边的特写镜头。"

"非常好！我的忠告是：你一定要将这双靴子拍到这样的程度：万一明天晚上你不幸发生了车祸，我便有正当的理由将你拍的镜头带到学院，并对学生们说：'现在，你们可以发现，我们失去了一位多么伟大的导演，他仅仅拍了一个一双靴子的镜头，但就因为这个镜头，我有意将这双靴子送给我们的博物馆。"

学生说："谢谢您！我会照您的话去做，我会将那双靴子拍到那样的程度。"

"但事后注意，别真的给街上的车子压到了。"爱森斯坦幽默地说。

"我会尽力而为，但事后呢？我该做些什么？"

"然后你一定要以同样的程度来拍每一个镜头、每一部电影，和每出剧本，而且终你的一生，都需如此。"

这位学生名叫米凯·洛姆（MikhaiI Romm），后来成为杰出的电影导演，那一部从一双靴子开始的电影叫《脂肪球》（Boule de Suif），是电影史上的经典作品，被收藏在世界上的许多电影博物馆中。

——禅宗虽讲开悟，但开悟以后不是什么都完了，还要"莫忘初心"，要"保任"，要使自己的心保持在第一义上，在"随缘任运过生活"的同时，永远不失去心灵的清明，就像保持那第一个精彩的镜头。云门禅师的"日日是好日"、庞蕴居士的"好雪片片，不落别处"，说的正是这种永远保持觉醒的态度。

终生都在为艺术家脱掉一致化的紧身外衣、强调创意的爱森斯坦死于五十岁，他终生未婚，把所有的时间和精神奉献给电影，过着像苦行僧一样的生活，他的"吸引力蒙太奇"影响了全世界的电影工作者，他的著作都是电影经典，至今依然是电影学生必读的教科书。

什么是"吸引力蒙太奇"（The Montage of Attraction）？

爱森斯坦的好友，也是杰出的俄国导演西格·尤特科维治（Sergei Yutkevich）曾以最简短的语句说：

"吸引力蒙太奇，其目的是经由一连串仔细安排好的'焦点'场景来'吸引'观众（有时磨碎它，有时在它脸上挥出艺术之拳！）……它同时显示如工程师般的细密计划。（'焦点'经常由临场的冲动所决定。）没有细密的计划，电影不可能成功，但若没有终极的艺术目的，再细密的计划也会失败。"

"蒙太奇"是由一寸一寸的胶卷算出来的。

"吸引力"则是艺术家的直观和临场感来统合、剪接，使电影达到统一、和谐、纯粹的境界。

——禅修也是如此，要"三千威仪、八万细行"，每一个阶段都非常缜密，但不应该失去整体的观照与感性的直观，身、口、意才可能统一、和谐和纯粹。

爱森斯坦临终时的遗言是：

"就生物而言，我们都会朽坏，但当我们贡献社会时，我们即成不朽——在我们所做的这些贡献中，我们将社会进步的火炬由这一代传给下一代。"

"不朽，并不是上一代将身后之事留给下一代人完成的一种形式，而是每个延续的一代都为之奋斗，并为之殉身的理想。对我而言，唯有为人类自由而革命的理想与不断地战斗，不朽才得以产生。"

爱森斯坦是"现代电影之父"，他充满活力与创见的一生，使我情不自禁地想起禅宗的大师，我们学习禅道的人，事实上是透过剪辑来使前后际断，把生命中的行为、语言、意念，做一种革命性的创造，使其精萃、和谐与统一，这是一种"心的蒙太奇"，是把芜杂无章的生命历程做一翻转，对生命有一个新的创见、新的活力。

这也使我想到，"禅"之一字实非名相，任何众生只要在心灵上保有创意，不断地超越、提升、转化，就是在走向禅的道路，历程上或有不同，终极目标是一致的。因此，我在心里向那些曾为提升人类文明、艺术、心灵，奉献一生的人顶礼致敬，爱森斯坦是其中之一。

爱森斯坦说："不管用什么形式，把电影拍好是最重要的。"

对于生命的历程，我觉得："不管用什么方法，把心开好是最重要的！"

被失败的苹果击中

闻名世界的日本服装设计师三宅一生，在被问到他如何成功地设计出独具一格的服装时，谈到两个颇值深思的问题。

一是他认为自己所设计的服装只完成了"部分"，而把一半创造的空间留给穿衣服的人，这样，使得穿衣服的人能穿出自己的风格，并且使同一件衣服也有极大的不同，依这个观念设计出来的服装不容易失败。

二是他选择衣服布料的时候，总是请布厂拿出设计、印染、纺织失败的布料，他则依照这些被公认为"失败"的布料找到灵感，裁制出最具独创与美感的作品，因此他的作品总是独一无二，领导着世界的服装潮流。

三宅一生的话给我们许多启示。他无疑是当今日本最成功的服装设计师，他的年收入大约五千万美元。因为他，日本服装业得到国际性的尊敬，东京的服饰新潮始能与巴黎、纽约、米兰抗衡，成为世界流行的中心。

三宅一生的服饰近年也在台北登陆，是台北关心服装的人所共知的服装大师级人物。他的"失败哲学"，颇有值得我们参考的地方。对于一个有创造力的艺术家来说，生活的进程最重要的是有成功的企图心，但是，成功不是必然的，唯有在失败的因子里找成功的果实，才可能创造真正的成功。

美国现代大画家路西欧·方达（Lucio Fontan），早年画油画时受到顿挫，心情大为恶劣，有一天坐在画布前面竟一笔也画不下去。他生气地拿起一把刀把画布割破了，在画布破裂的一刹那，犹如电光石火，他马上有了一个灵感："割破的画布算不算是一种创作呢？"于是他把另外的画布拿来，一一割破，然后公开展览，竟使他创造了新的艺术观，成为一代大师。

当然，像他们这样在失败中求取成功的人，历史上不可胜数，我们可以把这种失败称之为"打在牛顿头上的苹果"，因为他们被失败的苹果击中，才碰击出成功的火花。

佛经里有一句话："众生以菩提为烦恼，菩萨以烦恼为菩提。"或说"烦恼即菩提"，意思不是烦恼等于菩提，而是说对于有慧心的人，总能在烦恼中找到智慧，为了治愈更多的烦恼，因此产生更高的智慧——平顺的人通常不会比愈挫愈奋的人有智慧，真正的智者，往往能不惮失败的烦恼。安乐令人沉沦，忧患反而激发生存的力量，也就是这个道理。

在现实生活中，失败当然是一件可怕的事，几乎没有人喜欢失败；可惜这世界上没有永远的成功者，我们可以肯定地说："那些在人生后半段成功的人，是由于他们在人生前半段的失败中，找到了成功的灵感。"唯有在失败中成功，才不只是形式与事业的成功，而是连心灵也成功了。

家家有明月清风

到台北近郊登山，在陡峭的石阶中途，看见一个不锈钢桶放在石头上，外面用红漆写了两字"奉水"，桶耳上挂了两个塑胶茶杯，一红一绿。在炎热的天气里喝了清凉的水，让人在清凉时感觉到人的温情，这桶水是由某一个居住在这城市里陌生的人所提供的，他是每天清晨太阳升起时就抬这么重的一桶水来，那细致的用心是颇能体会到的。

在烟尘滚滚的尘世，人人把时间看得非常重要，因为时间就是金钱，几乎到了没有人愿意为别人牺牲一点点时间的地步，即使是要好的朋友，如果没有重要的事情，也很难约集。但是当我在喝"奉水"的时候，想到有人在这上面花了时间与心思，牺牲自己的力气，就觉得在忙碌转动的世界，仍然有从容活着的人，他为自己的想法去实践某些奉献的真理，这就是"滔滔人世里，不受人惑的人"。

这使我想起童年住在乡村，在行人路过的路口，或者偏僻的荒村，都时常看到一只大茶壶，上面写着"奉茶"，有时还特别钉一个木架子把茶壶供奉起来。我每次路过"奉茶"，不管是不是口渴，总会灌一大杯凉茶，再继续前行，到现在我都记得喝茶的竹筒子，里面似乎还有竹林的清香。

我稍稍懂事的时候，看到了奉茶，总会不自禁地想起乡下土地公庙的样子，感觉应该把放置"奉茶"者的心供奉起来，让他瞻仰，他们就是自己土地上的土地公，对土地与人民有一种无言无私之爱，这是"凡劳苦担重担的人，都到我这里来，我必使他得清凉"的胸怀。我想，有时候人活在这个人世，没有留下任何名姓也不是什么要紧的事，只要对生命与土地有过真正的关怀与付出，就算尽了人的责任。

很久没有看见"奉茶"了，因此在台北郊区看到"奉水"时竟低徊良久，到底，不管是茶是水，在乡在城，其中都有人情的温热。山道边一杯微不足道的凉水，使我在爬山的道途中有了很好的心情，并且感觉到不是那么寂寞了。

到了山顶，没想到平台上也有一桶完全相同的钢桶，这里写的不是"奉水"，而是"奉茶"，两个塑胶杯，一黄一蓝，我倒了一杯来喝，发现茶是滚热的。于是我站在山顶俯视烟尘飞扬的大地，感觉那准备这两桶茶水的人简直是一位禅师了。在完全相同的桶里，一冷一热，一茶一水，连杯子都配合得恰恰刚好，这里面到底是隐藏着怎么样的一颗心呢？

我一直认为不管时代如何改变，在时代里总会有一些卓然的人，就好像山林无论如何变化，在山林中总会有一些清越的鸟声一样。同样的，人人都会在时间里变化，最常见的变化是从充满诗情画意逍遥的心灵，变成平凡庸俗而无可奈何，从对人情时序的敏感，成为对一切事物无感。我们在股票号子里（这号子取名真好，有点像古代的厕所）看见许多瞪着看板的眼睛，那曾经是看云、看山、看水的眼睛；我们看签六合彩的双手，那曾经是写过情书与诗歌的手；我们看为钱财烦恼奔波的那双脚，那曾经是在海边与原野散过步的脚。我们的眼耳鼻舌身意看起来仍然是二十年前无异，可是在本质上，有时中夜照镜，已经完全看不出它们的连结，那理想主义的、追求完美的、每一个毛孔都充满了光彩的我，究竟何在呢？

清朝诗人张灿有一首短诗："书画琴棋诗酒花，当年件件不离他；而今七事都更变，柴米油盐酱醋茶。"很能表达一般人在时空中流转的变化，从"书画琴棋诗酒花"到"柴米油盐酱醋茶"，人的心灵必然是经过了一番极大的动荡与革命，只是凡人常不自觉自省，任庸俗转动罢了。其实，有伟大怀抱的人物也不能免俗，梁启超有一首"水调歌头"，我特别喜欢，其后半阕是："千金剑，万言策，两蹉跎。醉中呵壁自语，醒后一滂沱。不恨年华去也，只恐少年心事，强半为销磨。愿替众生生病，稽首礼维摩。"我自己的心境很接近梁任公的这首词，人生的际遇不怕年华老去，怕的是少年心事的"销磨"，到最后只是"醒后一滂沱"了。

在人生道上，大部分有为的青年，都想为社会、为世界、为人类"奉茶"，只可惜到后来大半的人都回到自己家里喝老人茶了。还有一些人，连喝老人茶自遣都没有兴致了，到中年还能有奉茶的心，是非常难得的。

有人问我，这个社会最缺的是什么东西？

我认为最缺的是两种，一是"从容"，一是"有情"。这两种品质是大国民的品质，但是由于我们缺少"从容"，因此很难见到步履雍容、识见高远的人；因为缺少"有情"，则很难看见乾坤朗朗、情趣盎然的人。

社会学家把社会分为青年社会、中年社会、老年社会，青年社会有的是"热情"，老年社会有的是"从容"。我们正好是中年社会，有的是"务实"，务实不是不好，但若没有从容的生活态度与有情的怀抱，务实到最后正好是柴米油盐酱醋茶，牺牲了书画琴棋诗酒花。一个彻底务实的人正是死了一半的俗人，一个只知道名利实务的社会，则是僵化的庸俗社会。

在《大珠禅师语录》里记载了禅师与一位讲华严经座主的对话，可以让我们看见有情从容的心是多么重要。

座主问大珠慧海禅师："禅师信无情是佛否？"

大珠回答说："不信。若无情是佛者，活人应不如死人；死驴死狗，亦应胜于活人。经云：佛身者，即法身也，从戒定慧生，从三明六通生，从一切善法生。若说无情是佛者，大德如今便死，应作佛去。"

这说明禅的心是有情，而不是无知无感的，用到我们实际的人生也是如此，一个有情的人虽不能如无情者用那么多的时间来经营实利（因为情感是要付出时间的），可是一个人如果随着冷漠的环境而使自己的心也沉滞，则绝对不是人生之福。

　　人生的幸福在很多时候是得自于看起来无甚意义的事，例如某些对情爱与知友的缅怀，例如有人突然给了我们一杯清茶，例如在小路上突然听见冰果店里传来一段喜欢的乐曲，例如在书上读到了一首动人的诗歌，例如偶然看见桑间濮上的老妇说了一段充满启示的话语，例如偶然看见一朵酢浆花的开放……总的说来，人生的幸福来自于自我心扉的突然洞开，有如在阴云中突然阳光显露、彩虹当空，这些看来平淡无奇的东西，是在一株草中看见了琼楼玉宇，是由于心中有一座无情的宝殿。

　　"心扉的突然洞开"，是来自于从容，来自于有情。

　　生命的整个过程是连续而没有断灭的，因而年纪的增长等于是生活资料的累积，到了中年的人，往往生活就纠结成一团乱麻了，许多人畏惧这样的乱麻，就拿黄金酒色来压制，企图用物质的追求来麻醉精神的僵滞，对至于心灵的安宁和融都展现成为物质的累积。

　　其实，可以不必如此，如果能有较从容的心情，较有情的胸襟，则能把乱麻的线路抽出、理清，看清我们是如何的失落了青年时代理想的追求，看清我们是在什么动机里开始物质权位的奔逐，然后想一想：什么是我要的幸福呢？我最初所想望的幸福是什么？我的波动的心为何不再震荡了呢？我是怎么样落入现在这个古井呢？

　　我时常想起童年时代，那时社会普遍的贫穷，可是大部分人都有丰富的人情，人与人间充满了关怀，人情义理也不曾被贫苦生活所昧却，乡间小路的"奉茶"正是人情义理最好的象征。记得我的父亲常挂在嘴上的一句话是："人活着，要像个人。"当时我不懂这句话的含义，现在才算比较了解其中的玄机。人即使生活条件只能像动物那样，人也不应该活得如动物失去人的有情、从容、温柔与尊严，在中国历代的忧患悲苦之中，中国人之所以没有失去本质，实在是来自这个简单的意念："人活着，要像个人！"

人的贫穷不是来自生活的困顿，而是来自在贫穷生活中失去人的尊严；人的富有也不是来自财富的累积，而是来自在富裕生活里不失去人的有情。人的富有实则是人心灵中某些高贵物质的展现。

家家都有明月清风，失去了清风明月才是最可悲的！

喝过了热乎乎的"奉茶"，我信步走入林间，看到落叶层缝中有许多美丽的褐色叶片，拾起来一看，原来是褐蝶的双翼因死亡而落失在叶中，看到蝴蝶的翼片与落叶交杂，感觉到蝴蝶结束了一季的生命其实与树叶无异，尘归尘、土归土，有一天都要在世界里随风逝去。

人的身体与蝴蝶的双翼又有什么两样呢？如果活着的时候不能自由飞翔，展现这片赤诚的身心，让我们成为宇宙众生迈向幸福的阶梯，反而成为庸俗人类物质化的踏板，则人生就失去其意义，空到人间走一回了！

下山的时候，我想，让我恒久保有对人间有情的胸怀，以及一直保持对生活从容的步履；让我永远做一个为众生奉茶供水，在热恼中得到清凉的人。

第三卷 ｜ **其实你不懂我的心**

圆通寺与冰淇淋

到圆通寺的大殿拜佛，在我右边拜佛的是一位中年的妇人，很虔诚地在那里顶礼。

我也专心地拜着佛，突然听到右边传来劈啪两声巨响，回过神来，发现右边的妇人正打着小孩的耳光，由于用力极猛，连静寂的佛殿都回响着嗡嗡之声，我看着孩子的左右脸颊浮起十个鲜红的指印。

"你没看见妈妈在拜佛吗？你这个死囝仔，要吃冰淇淋不会等一下吗？不吃会死吗？气死我！气死我！"那妈妈涨红着脸，几乎发抖地说。

原来是圆通寺外有小贩卖冰淇淋，看来只有七八岁的小孩挡不住诱惑，来向正在拜佛的母亲要零用钱。

拜佛的母亲的反应大出我的意料之外，但被打的孩子的反应更令我吃惊，他双手抚脸、咬牙、瞪着怨恨的眼睛强忍住泪水，愤愤地说："你先让我吃冰淇淋，等一下再拜佛也不会死！"

说完，孩子一转身冲出大殿，发抖的母亲发狂了，顺手抄起放在墙边的木板，追了出去。

我跟出去，看到一对母子顺着石阶追逐，竟追了数百公尺，最后消失在山下。

这时，我才听见石阶下卖冰淇淋小贩的叭不——喇叭声。

我已无心拜佛，坐在庭中的大石头上思维，如果我正在拜佛，我的孩子来向我要冰淇淋，我会有什么反应，我想我会停止拜佛，去买冰给他吃，再回来拜佛；或者就陪他吃个冰淇淋也未可知，吃了冰淇淋，拜佛的心可能会更清凉。

佛是永远在的，稍停一下并不会怎样。

佛是到处在的，体贴众生的需要，正是在拜佛。

每一个孩子的内心都有尊贵的佛性，孩子与佛无二，为什么母亲不能体会呢？

正想着的时候，那气喘吁吁的母亲返来了，我担心地问："追到了吗？"

她说："无呀！这块死囝仔，跑比飞卡紧，看在佛祖面上，饶他一命，我是拿这个板子回来还给庙里的。"

然后我看她把板子放回原处，在大殿前穿鞋子——她刚刚急怒攻心，连鞋子也没穿就跑了。

我顺着圆通寺的石阶下山，看着这秋天清明的风景，想到佛是永远在的，佛是处处在的，在每一片叶、每一朵花、每一株草，甚至在吃冰淇淋清凉的心里。

但是，拜着佛的人中，几人能知呢？

惜福

　　我的外祖母活到八十岁，她过世的时候我还年幼，有许多事已经淡忘了，但我清楚地记得关于她的两件事：一是她过世时十分安详，并未受病痛折磨；一是她一直到晚年仍然过着极端俭朴的生活。她之所以那样俭朴，不全然是经济的原因，而是她认为人应该"惜福"。

　　她不许家里有什么剩菜剩饭，因此到了晚年她还时常捡菜汤，把菜盘里剩的菜汤端起来喝掉而不顾子女的劝阻。她也要求我们吃饭时碗中不可剩下一粒米，常吓唬我们说："不捡拾干净，长大了会生猫脸。"甚至有米粒落到地上，她也捡起来吃。

　　除了这些，外祖母格外敬惜字纸，要丢弃的书籍、簿本、纸张，绝不与污秽垃圾混在一起，须另外用火恭敬地焚烧。

　　她过世的前几年，常有人问她长寿的原因，那时她不仅长寿，身体也健康，她总是回答说，可能是因为惜福。由于珍惜自己的福气，才能福寿绵长。

　　我当时颇不能了解其中的意思，后来读了明朝学者袁了凡先生的《了凡四训》，书中说他年幼时遇到一个算命先生，卜了他一生的吉凶，其中有一条是说到他补贡生的时候，一共吃了"廪米九十一石五斗"，他感到十分可疑，直到补了贡生的时候，他一算正好吃了九十一石五斗廪米（按明朝学制，贡生之前是廪生，他们应得的米叫廪米，按月发放，所以易于计算）。

了凡先生从此"益信进退有命，迟速有时，澹然无求矣"。连一个人一生可以享用多少米都是命中注定，如果过度放纵地享用，不就是在提早损伤自己的性命吗？

释迦牟尼在经中也时常叫人惜福、节制饮食，他在《杂阿含经》中说："人当自系念，每食知节量，是则诸受薄，安消而保寿。"在《四十二章经》中说："财色之于人，譬如小儿贪刀刃之蜜甜，不足一食之美，然有截舌之患也。"都是在警醒人不可过多求多欲的生活，身心才能长保康泰。

尤其在《医经》里说得最为透彻："食多有五罪：一者多睡眠。二者多病。三者多淫。四者不能讽诵经。五者多着世间。""人得病有十因缘：一者，久坐不饭。二者，食无贷。……"（食无贷就是吃得过度）"有九因缘，命未当尽为横尽。一不应饭为饭。二为不量饭（不知节制地吃）。三为不习饭（不知时间地吃）。四为不出生（饭还没有消化，又吃饭）。……如是九因缘，人命未尽为尽。点人当识，是当避，是已避，得两福：一者，得长寿。及得闻道好语，亦得久行道。"饭在经书中只是象征，用以教人惜福，我们常见到年轻时过度放纵的人，到晚年总受疾病的折磨，或沦为贫苦无依，有的人更是等不到晚年，足见佛经中所言句句在理。

近读弘一法师的演讲集，他谈到"青年佛教徒应注意的四项"，首要就是惜福，然后才是习劳、持戒、自尊。因为他认为在末法时代，人的福气是很微薄的，若不爱惜，将这很薄的福享尽了，就要受莫大的痛苦。

至于惜了福又怎样呢？法师说："我们即使有十分福气，也只好享受二三分，所余的可以留到以后去享受；诸位或者能发大心，愿以我的福气布施一切众生，共同享受，那更好了。"

也只有惜福的人才能习于劳动、持守戒律、自我尊重，因此，惜福是作为佛教徒要做的第一件事，不能惜福则不能言及其他。婆娑世界的凡人也是如此，我们可曾见过一个沉溺酒色、纵情逐欲的人能够自尊、清明而活得健康和长寿的吗？

惜福不是少福，而是惜福得福，这就是平淡之人常享高寿的原因了。

两头鸟

从前在雪山下，有一只两头鸟，为了安全起见，它们轮流睡觉，头如果睡着，一头便醒着。

这只两头鸟虽共用一个身体，却有完全不同的思想，一头叫迦喽嗏，常作好想；一头叫优波迦喽嗏，常作恶想。

有一天，在树林里，轮到优波迦喽嗏睡觉，忽然从树上飘来一朵香花。醒着的迦喽嗏就想："看它睡得那么熟，还是不要叫醒它，反正我虽然独自吃了，我们一样都可以除掉饥渴，得到这朵香花的好处。"于是，就默默地把那朵香花吃了。

过一下子，优波醒来了，觉得腹中饱满，吐出的气充满香味，就问迦喽嗏说：

"我在睡觉时，你是不是吃了什么香美微妙的食物？我怎么觉得身体安稳饱满，声音美妙，感觉这么舒服。"

"你睡觉的时候，有一朵摩头迦华落在我的头旁边，我看你睡得很熟，又想我吃和你吃并没有分别，就独自把它吃了。"

优波听了，心里很不高兴，从内心深处生起嗔恚嫌恨的心，心想：你有好东西吃，也不叫我，你等着瞧吧！下次我吃些坏东西害死你!

过了不久,两头鸟经过一个树林,优波看到林间有一朵毒花,起了一个心念:"好,害死你的机会来了。"就对迦喽嗦说:"你现在可以睡觉,我醒着,帮你看守。"

等迦喽嗦睡着以后,优波就一口把毒花吃下去。由于优波的恨意,两头鸟就一起毒死了。

这是记载在《佛本行集经》的故事,释迦牟尼佛说这个故事来告诫弟子,嗔恚是多么可怕的愚行,一个人(乃至一只鸟)在怀着恨意时,往往会忘记对自己的伤害,更甚的是以自己的生死来逞一时的仇快,走入一个无可挽回的境地。

两头鸟的故事还有更深刻的象征,生活在这个世界上,人人都是两头鸟,有着善恶的抗争、梦与醒的矛盾、觉与迷的循环。当一个人在善意、觉性抬头的时候,就可以使恶念、痴迷隐藏;可是当一个人恶意的嗔恨愚痴升起时,立即就杀死了自己好不容易培养起来的善念了。

另外,对一个修行者,他处在众生中就有如两头鸟,大家都是共用一个身体,使任何一个众生受到伤害,立即就伤害了自己的慧命,因此要保持着纯明的善念,才不至于损人损己。

在两头鸟的故事里,迦喽嗦在临死前说了一首偈:

> 汝于昔日睡眠时,我食妙华甘美味。
> 其华风吹在我边,汝反生此大嗔恚。

凡是痴人愿莫见，亦愿莫闻痴共居。

与痴共居无利益，自损及以损他身。

正是劝人不要与愚痴妥协，含着贪意、嗔恨、愚痴的人在还没有伤害别人之前，自己必然先受伤。

在《杂譬喻经》里还有一个类似的头尾争大的故事：

从前有一条蛇，头和尾经常自相争吵。头对尾说："我应该比你大。"尾对头说："应该是我大。"

头说："我有耳朵能听，有眼睛能看，有口能吃，走时在你前面，因此应该我为大。"

尾说："是我让你走，你才能走，如果我不让你走，你就完蛋了。"

于是，蛇尾就绕树木三圈，三天都不肯放开，蛇头无法去找食物，饥饿垂死，只好对尾说："请你放开吧！让你做大就是了。"尾听了非常高兴，立刻放开树木。头就对尾说："你既然比我大，就让你在前走吧！"

尾兴奋地向前走，才走不到几步，就掉落到火坑去了。

佛陀说这个故事是在告诫弟子，在僧团里应该听从有智慧的大德上座，不可任性为之，而上座也不应该让座下的人率尔随意，这样不但道业不成，而且会一起堕入非法的火坑。

头尾争大的故事用在现代，让我们知道自然的秩序是非常重要的，在一个有机的社会中，头与尾都是同样重要，做头的人应把头做好，而做尾的人也应尽力把尾做好，人尽其才，才是社会之福。如果人人想争大，不但容易心生愤懑，甚至大家相携堕入火坑。人不怕地位卑微，怕的是在心灵中没有奉献的火光，在人格中没有自尊的色彩。反过来说，做头的人如果不善用眼睛、耳朵、嘴巴、双足来创造人群的幸福，就令人遗憾了。

佛陀在经典中说的故事都是简短精彩，又充满了无限的象征意义，他说这些故事是在倡导一个人如何使自己的人格高尚，并通向明净纯粹的世界，他用充满人情味的语言告诉我们和平、牺牲、慈爱、智慧、诚信、平等、无私、克制欲望是多么重要。

只有人格不断趋向高尚，不怀怨恨的生活，不论处在午休境况中都有自尊的人，才能在生命中找到真实的悦乐之泉源。

悲欣交集

呀！弘一

有一次，在大甲山间的寺庙，看到弘一法师写的《金刚经》被放大了，镶满整面墙壁，我站在墙壁前深深被感动了。

从第一笔到最后一笔，始终平和、宁静、庄严，没有书法中龙飞凤舞、力透纸背、铁画银钩那一套，只是如实的、丝毫无烟火气的、没有一笔闪失地浮现在纸上。

我近几年也有写经的经验，深知写经不易，要把整部《金刚经》写完而不闪失、不气浮，必须有极深刻的禅定力，弘一虽不讲禅定，我相信他的定力是甚深、极甚深的。

大家都知道的当代大修行者广钦老和尚，在泉州城北清源山岩壁石洞苦修时，有一回入定数月，不食不动，鼻息全无，众人都误以为他已圆寂，屡次请方丈准备火化。那时弘一正驻锡于永春普济寺，听到消息，立刻赶到承天寺，与方丈转尘老和尚等数人一起上山探视。弘一看到广钦老和尚的定功，甚为赞叹，乃弹指三下，请广钦老和尚出定。这个常被略过去的记载，使我们知道弘一有甚深禅定，否则，怎能一眼就看出老和尚在定中？怎能弹指唤人出定呢？

弘一写的经就像那三弹指，有如平静湛蓝的湖泊，给人一种温柔的力量，我恭谨地站在墙下诵了一遍《金刚经》。朋友开车送我回台北，路过大甲附近的火炎山，想到在这火炎中燃烧的人间，弘一的字正如一阵阵清凉的风，从火炎山顶吹抚而过，熨平了我们的忧伤。

炉火纯青

对弘一法师有深刻研究，曾写过《弘一大师傅》的陈慧剑居士曾告诉我，弘一早年的字就很好，曾写过许多巨幅，才气飞扬，如风中飘动的大旗，但出家以后写的字就隐藏了才气，有如炉火纯青，无烟尘气。

弘一写经的转化，想是受了印光法师的影响。他在给弘一的信中曾说："写经不同写字屏，取其神趣，不必工整。若写经，宜如进士写策，一笔不容苟简，其体必须依正式体。若座卜书札体格，断不可用。"

"接手书，见其字体工整，可依此写经，夫书经乃欲以凡夫心识，转为如来智慧。比新进士下殿试场，尚需严恭寅畏，无稍息忽。能如是者，必能即业识心，成如来藏。于选佛场中可得状元。今人书经，任意潦草，非为书经，特借此以习字，兼欲留其笔迹于后世耳。如此书经,非全无益,亦不过为未来得度之因。"

弘一后期的写经,受到这一观念的影响,因此没有一丝动乱。

许多人误以为弘一抛家弃子是无情之人,其实弘一是非常深情的。他出家以后写的经,有的是写于父母亲的生日或冥诞,有的写于发妻的亡故之时,用来感恩因向。那样看来没有一丝波澜的经文法书,竟是隐含着如此深沉的用心,犹如深水无波,想了令人眼湿。

假如不是完全烧透的炉火,又何能至此?

松枝

新加坡朋友陈瑞献因为向慕弘一的道风,以金石刻印了一本《松枝集》,认为弘一早具宿慧,以松枝为证,绝非薄地的凡夫。

大凡是高僧,出生都有瑞兆,弘一也是,在出生的时候,有一只喜鹊衔着一根细长的松树枝飞进屋内,落在弘一母亲的床前,等到弘一生下的时候,喜鹊飞去,遗松枝于室。

等到弘一成了高僧,大家都认为这松枝大有来历,但弘一只把它当成父母生养的纪念品。

这松枝长年跟随弘一,甚至东渡日本时也未离身,出家后,松枝也长携身侧,用以长志父母劬劳。

弘一圆寂的时候,松枝就挂在禅榻的壁上,现在还存于泉州的开元寺。那最后的松枝,是象征了弘一把缺憾还诸天地,走入了生命终极的圆满。

松枝真是美的一种表达，表达了弘一的志节，和一生对于美的无限追求。他死的时候写下"天心月圆，华枝春满"，是给松枝最好的句点。

美的回声

弘一是不断追求美的人，他的音乐、美术、文章、书法、金石、诗词都是在凡俗中寻找美的提升，即使出家后，也展现出超俗的美。

这美的向往，从他出家后用过的名字可以看到一些。

一音　弘一　演音　善梦老人
入玄　亡言　善月　晚晴老人
清凉　无畏　不著　二一老人

每个名字都是美极，他出家以前住的地方叫"城南草堂"，所组织的书画会在"杨柳楼台"，断食处叫"虎跑大慈山"，在"虎跑寺"出家，在"白马湖"隐居，晚年住在"水云洞"，圆寂于"不二祠晚晴室"。

甚至他留学时的"上野美术学校"名字也很美，我有一次到东京，特别到上野美术学校，站在回廊中，想起弘一法师说不定曾穿着黑色功夫鞋，踽踽行走其中。

弘一的一生是在追求生命的大美，在历程中留下许多美丽的回声，让我们听见。

人间的演音

弘一的另一动人心魄，是他的修行。他的修行完全是以人的觉悟为出发，不说空言，所以到晚年已是众所公认的高僧，他还谦卑得令人心疼。

他是律宗的祖师，但是他一直提倡："学戒律的需要律己，不要律人。有些人学了戒律，便拿来律人，这就错了。"

他有一次隐居，屋前枯干的老树竟发出新芽，好友徐悲鸿去看他，大为惊叹，说："有高僧住在这里，连枯干的树都发出新芽了。"

弘一笑着说："不是这样，是我来了以后天天给他浇水，就发芽了。"

这是使修行完全落实于人间。我读到他的一段笔记，深有所感："昔贤谓以饲猫之饭饲鼠，则可无鼠患。常人闻者罕能注意，而不知其言确实有据也。余近独居桃源山中甚久，山鼠扰害，昼夜不宁。毁坏衣物等无论矣！甚至啮佛像手足，并于像上落粪。因阅旧籍，载饲鼠之法，姑试之。鼠逐渐能循驯，不复毁坏衣物，亦不随处落粪。自是以后，即得彼此相安。现有鼠六七头，所饲之饭不多，备供一猫之食量，彼六七鼠即可满足矣……余每日饲鼠两次，饲时，并为发愿回向，冀彼等早得人身，乃至速证菩提云云。"

从这段笔记，可以看出弘一的细致、敏慧，具有平等无分别的心，真正落实于人间。

大悲与大喜

弘一的最后遗墨是"悲欣交集"四字，每次读此四字，有如在黑夜中见到晶莹的泪光。

他有一幅字写着"世间如梦非实"，落款的金石是"本来无一物"，因如梦非实所以悲欣交集，因本来无物，悲欣交集则美如烟霞。

谁的生命不是悲欣交集呢？

谁的情缘不是悲欣交集呢？

弘一以此四字，写下了人生遗憾与悲悯的最后注脚。

今逢弘一大师一百一十岁诞辰，想到这四个字，心中不免一动。

你是人吗

从佛陀的时代到现在，每当有人请求出家，或受戒之前，一定要先问："你是人吗？"如果回答是肯定的"是"，才有资格出家或受戒。

我听到这种说法时非常感动，在六道中——天人、阿修罗、人、畜生、饿鬼、地狱——只有人才可以出家受戒，可见人是多么尊贵而值得赞叹和珍惜，释迦牟尼佛的前生，虽然以菩萨行化现于六道中，但最后他在人中成佛，有极深刻的象征意义。他启示我们，人在众生里犹如水面开出的白莲花那么尊贵，唯有人才能从苦难中觉悟，走向菩提的大道。

在佛教里有一种修行方法，是每天清晨醒来先做四种观想：一、人身难得。二、生死无常。三、因果是真。四、轮回是苦。如果日日以此观想作为清晨的恒课则可以起信、立愿、力行，坚固不退的道心。

在许许多多的佛经里，佛陀都一再对弟子说："人身难得"四个字，佛说人生有九种难事："正法难闻，良师难遇，人身难得，诸根难具，正见难生，信心难发，合会难俱，自在难逢。"

人身到底有多难得呢?

有一次佛陀和弟子在一起散步,抓起地上的一把土说:"众生如大地土,得人身如我手中土。"当今世界人口膨胀,使人感受许多压力,但其数量比起畜生来仍是微乎其微,如果与无形的众生比起来就更渺小了,佛陀的这个譬喻一点也不夸张。说到得人身之难,佛陀在《法句譬喻经》里曾说了"盲龟浮木"的譬喻,他说在海面有一块挖了圆洞的木头,海底有一只瞎眼的乌龟,这只盲龟一百年才浮上海面一次,那么它的头伸进木头里的几率是非常非常小了,但佛告诉我们:"得到人身,比盲龟浮木还要更难!"

想起来不免汗毛竖立,还好我们现在已经得到人身,真应该好好珍惜。经上常说:"一失人身万劫不复。""人身难得,如优昙花。"无非是在强调作为人的殊胜与不易,《大智度论》里甚至说:"一切宝中,人命第一。"得到人的身体是最伟大的珍宝,如是信解,就让我们不敢令光阴空过。

人所以比其他众生尊贵,甚至比天上的神仙尊贵,乃在于人可以觉悟、守戒、修行、走上清净的菩提之路,如果一个人到这世界上一点也不知道觉悟就死去,就有如从未开放的玫瑰就枯萎了一样,可惜了这副"道器"。

这正是为什么出家、受戒之前要问:"你是人吗?"的缘故。

为什么一定要这样问呢?

传说佛陀时代,曾有一条龙很慕羡出家人,就化身为人请求出家,但龙的习气是贪睡,可是睡觉时又不能保持住人身,使它异常痛苦。它和一个僧人同住一舍，有一天，趁同房的人出去托钵化缘，这条龙就躺在床上大睡起来，等同房的人回来一开门，看到一条大龙睡在铺上，他使劲把门关上大叫："有大蛇！"寺院的人都跑来了，打开房门，除了那位龙比丘外，什么也没看见。看到龙的比丘则坚持他刚刚真的看见一条大蛇。

最后，大家一起去请教佛陀，那位化身比丘只好承认自己是条龙。为了寺院的规矩，佛便订立一个规则：凡是有人请求出家，或受戒时，必须问道："你是人吗？"

天人多好欲染，并且福报太好，难以发心求菩提；阿修罗欲望强盛、嗔恚心大，不能守戒律；畜生受役于人，并且贪痴淫欲，没有机会求道；地狱、饿鬼的众生更不必说了，受苦无间断，哪有机会修行呢？

人虽然诞生在五欲尘劳的世界，欲望苦染交煎，但也因为如此使我们生起超越之心，这就值得珍惜与感恩。

因此，每天清晨起来问自己："你是人吗？"

答案是："是！"多么肯定而值得欢欣。

这一声肯定的"是"，就足以令我们生起敬信之心，进入菩提了。

博爱与大悲

"国父"孙中山先生的字写得工整朴厚，常常有人向他求字，他最常写给别人的字是"博爱"。如果写长一点的，他就写"礼运大同篇"。我们从这简单的事例中，可以知道在国父的内心深处，对博爱，乃至于由博爱而进入世界大同，是充满着期待的。他常说"自由、平等、博爱"，但为什么下笔的时候总写"博爱"？不写"自由平等"呢？

我想，孙先生写博爱可以从两方面来看，一方面是博爱比平等更难，因为自由平等是人人都会争的，是自利的，而博爱却是纯利他的，利他当然比自利难一些，所以须要鼓吹。一方面则是国父的革命是以博爱为出发点，是为了拯救百姓出苦而革命的，革命事业虽不免轰轰烈烈流血流汗，但他希望党人不要忘记革命的初衷——博爱。他的革命不是只要创建民国，也要革心，他生前常说："罪恶性，和一切不仁不义的事，都应革除。"就是这个道理，他也常说："人生以服务为目的。"

革除了一切不仁不义，剩下的就是仁义，"仁义"在本质上是很接近博爱的，韩愈在"原道"里就说："博爱之谓仁，行而宜之谓义。"那么，国父所领导的革命军，可以说是仁义之师，而他所努力的革命事业可以说是博爱的事业。

"博爱"虽然很像儒家的"仁"，如果我们进一步地说，它和佛家所说的"大悲"更接近，因为，"仁"在感觉上有上下之分，是人站在高处来仁民爱物，博爱或大悲则是同体的，站在一个平等的位置，来爱惜、来护念、来付出对众生的又深又广的情感。大悲是佛家菩萨行中最重要的菩提之心，是最根本最伟大的同情，也是最高超最庄严的志向，用国父的话来说是"博爱"，用菩萨的话来说就是"大悲"。我们今天回顾当时的革命事业，套用现代用语，那时候的革命党人可以说是"霹雳菩萨"。

革命党的霹雳菩萨如何组成的呢？事实上，是国父深切知道专制、落后、贫穷的老百姓之苦，立下一个博爱的悲愿，希望把中国人从满清日渐深陷的泥坑中解救出来，这种悲愿与菩萨体会一切有情众生的痛苦而济拔之，是没有什么不同的。世亲菩萨说："菩萨见诸众生，无明造业，长夜受苦，舍离正法，迷于出路。为是等故，发大慈悲，志求阿耨多罗三藐三菩提，如救头然。一切众生有苦恼者，我当拔济，令无有余。"在《华严经》里更坦步阐释一切的菩萨行都是枝干花叶，唯有大慈悲心才是根本。那么我们看国父的博爱，何尝不可以说一切的革命事业都是枝干花叶，唯有博爱才是标本呢？因为如果不彻底求的博爱，就不会有那么多人抛头颅、洒热血，百折不回了。

事实上，民国以来的佛教界，也把国父孙中山先生当作是菩萨来尊崇的，国父是基督徒，但并不因而减损他慈爱的菩萨本质。在他生前有一桩和观音结缘的事迹鲜为人知，因为谈到了"博爱"与"大悲"，使我想到这个故事。

1927年8月25日，孙先生率领党人胡汉民、郑家彦、朱卓文、周佩箴、陈去病等人，同游浙江南海普陀山，走到佛顶山的慧济寺时，国父独自看到许多僧侣合十欢迎他，并且有宝幡随风招展，还有一座伟丽的牌楼，令他看了惊奇不已。因为景象明晰持久，国父一直到进了"普济寺"才问同游的人有没有看见奇异的景象，结果却无人看见。他后来把亲见的异相告诉方丈了余和尚，了余请他留个纪念，国父就在寺里写了一篇短文《游普陀志奇》，对于他到普陀山的经历有详细的记载，原文是这样子的：

> 余因察看象山，舟山军港，顺道趣游普陀山，同行者为胡君汉民，郑君孟硕，周君佩箴，朱君卓文，及浙江民政厅秘书陈君去病，所建康舰舰长则任君光宇也，抵普陀山朝阳已斜，相率登岸。逢北京法源寺沙门道阶，引至普济寺小住，由主人了余唤徇将出行，一路灵岩怪石，疏林平沙，若络绎迓送于道者。迂回升降者久之，已登临佛顶山天灯台。凭高放览，独迟迟徘徊。已而旋赴慧济寺，才一遥瞩，奇观现矣！则见寺前恍矗立一伟丽之牌楼，仙葩细绵，宝幡舞风，而奇僧数十，窥厥状似乎来迎客者。殊讶其仪观之盛，备举之奇僧数十，窥阚状似乎来迎客者。

殊讶其仪观之盛，备举之捷！转行益了然，见其中有一个大圆轮，盘旋极速。莫识其成以何质，运以何力！方感想间，忽杳然无迹，则已过去处矣。既入慧济寺，及询之同游者，均无所观，遂诧以为奇不已。余脑藏中素无神异思想，竟不知是何灵境，然当环眺乎佛顶台时，俯仰间大有宇宙在乎手之慨，而空碧涛白，烟螺数点，觉生平所经，无似比清胜者。耳听潮音，心涵海印，身境澄然如影，亦既形化而意消。呜呼！此神明之所以内通。已下佛顶山，经法雨寺，钟声镗声中，急向梵音洞而驰。暮色沉沉，乃归至普济寺晚餐，了余道阶，精宣佛理，与之谈，令人悠然意远矣。八月二十五是孙文志。

当时，随孙先生一起游普陀山的郑孟硕（又名家彦），也曾为文记述这段经过：

普陀山者，南海胜地也，山水清幽，草木茂盛，游其间盖飘然有逸世独立之想。至若蜃楼海市，圣灵物异，传闻不一而足，目睹者又言之凿凿。国父是日乘舆先行，次则汉民，又次则家彦、卓文、佩箴、去病，以及舰长任光宇。去观音堂（即佛顶山慧济寺）里许，抵一丛林，国父忽瞥见若干僧侣，合十欢迎状，空中定幡，随风招展，隐然簇拥，尊神在后，国父凝眸注视，则一切空幻，了无迹象；国父甚惊异之，比至观音堂，国父依次问随行者曰：
'君等倘亦见众僧集丛林中作道场乎？其上定幡飘扬，酷似是堂所高悬者。'国父口讲指授，目炯炯然，顾盼不少辍。同人咸瞠目结舌，不知所对。少顷，汉民等相戒勿宣扬，恐贻口实。嗣是遂亦毋敢轻议其事者。

孙先生亲笔写的《游普陀志奇》墨宝后来存于普济寺客堂，不久前圆寂的煮云法师在普陀山普济寺任知客时，就曾保管过这幅墨宝，后来又刻石于普陀寺庙的壁间，作为永久的纪念。只不知道大陆岁月沧桑，寺庙遭劫，国父的手迹还安在否？

南海普陀山是中国四大名山。相传是大慈大悲观世音菩萨的道场，国父去游山，菩萨亲来迎接，可见他们在精神和悲愿上有共通的地方，这共通就是"博爱"与"大悲"。

后来，国父曾说："佛教乃救世之仁。佛学是哲学之母。""宗教是造成民族，和维持民族之一种最雄大之自然力，人民不可无宗教思想。研究佛学可补科学之偏。"可见得，从"救世之仁"的观点，国父是最肯定佛教的，救世之仁不是别的，正是博爱！

一个人要救世，没有别的方法，就是培养对众生的博爱，唯有真正博爱的人才能彻底的无我，唯有无的人说到牺牲，才能真牺牲，说到救世，才能真救世。因为无我的博爱，就能舍掉名利乃至身家性命，为救世的誓愿和利他的本怀奋斗到底。我们今天回思国父革命时的理想与抱负，许多仁人志士不惜性命的情景，就更能深刻感受到博爱的力量。

《华严经》中说："菩萨摩诃萨，入一切法平等性故，不于众生而起一念非亲友想"。"但以菩萨大愿甲胄而自庄严，救护众生，互无退转。""菩萨如是爱苦毒时，转更精勤，不舍不避、不惊不怖、不退不怯，无有疲厌。何以故？如其所愿，决欲负荷一切众生令解脱故。"这就是大悲！也就是博爱！

在今天，自由、平等的理想都逐渐地在达成了，可是国父生前最常写的"博爱"呢？想起来是不是令我们十分惶恐？

"自由、平等、博爱"是法国大革命的目标，但作为孙中山先生的信徒，我宁可用菩萨的、中国的、更深刻的层次来看"博爱"。

不大

宣化上人说："当我第一次听到梵文'佛陀'（BUDDHA），就觉得读音好似'不大'。此'不大'意谓无贡高我慢。佛是无人、无我、无众生、无寿者相，故不大亦不小，非去非来；来而未来，去而未来。尽虚空偏法界，无不是佛之法身所在，无在而无不在。不但在此世界，乃至于无量无边之微尘世界，都是佛的法身周遍。"

真是说得好，唯其不大，才能遍满虚空，也唯其不大，才是最大。

我第一次看"佛"这个字，拆开来是"弗人"，也就是"非人"的意思，感到很大的震撼，人的最高至极的境界竟是"非人"，那表示人实在是一个束缚，如果能解开做人的一切束缚，就是佛了。

"不大"也是如此，每次呼吸进入胸腔的空气大是不大？秋晨中挂在绿叶上的朝露，大是不大？这些都不大，但纵使我们走遍世界，都还呼吸着空气，都可以看到露水。

打得开，不大就是最大。

打不开，再大也是小的。

其实你不懂我的心

一位朋友送我一卷录音带，说：

"这是新编写佛教歌谣，你带回去听听看。"

这卷没有封面的佛教歌谣音乐带，显然是转录又转录的，只见卡带上用印章盖了"佛教歌谣"四字。回到家想放来听，正巧儿子在使用录音机，我叫他先让爸爸听一卷"重要的"录音带，儿子口中嘀咕，很不情愿地关掉正在听的音乐。

我把"佛教歌谣"放了，和孩子坐着一起听，才听了第一首，儿子就下断语："好难听哦！"

我说："再听两首看看。"

听到第三首的时候，连我自己也受不了了，不只是录音品质极差，词曲也很难听，虽然写着"佛教歌谣"，我也只好向儿子承认"难听的东西就是难听，不管它是挂着什么名"，那就像一家有好听名字的餐厅，做出来的菜却很难吃一样。

"爸爸，你听听这个。"儿子把录音带取出，放回他原来在听的带子，我看到封套上写着"其实你不懂我的心"，是一位年轻的男歌星唱的流行歌。

音乐用一种无奈的声调流出来了：

你说我像云，捉摸不定，

其实你不懂我的心。

你说我像梦，忽远又忽近，

其实你不懂我的心。

你说我像谜，总是看不清，

其实我永不在乎掩藏真心。

怕自己不能负担对你的深情，

所以不敢靠你太近。

你说要远行，暗地里伤心，

不让你看到哭泣的眼睛。

……

听到这首歌的时候，我心底突然冒出这样的声音："呀！这首歌比我刚刚听到的佛教歌谣，更能表现佛教的精神，或者更接近佛教！"

自心的不可言说、不可思议，不正是像云，捉摸不定吗？念头的生住异灭，不正是像梦一样，忽远又忽近吗？无常与因缘的现象，不正是像谜一般，总是看不清吗？我们不敢靠众生太近，不是我们不慈悲，而是怕不能负担对众生的深情！我们看到人生的爱别离，知道那是生命必然的结局，只有暗暗的伤心……

想着这首歌，使我十分感慨，其实到处都有人生的智慧，不一定要标明"佛教"，因为真正智慧的教化是心的教化，而心的教化是无相的。

我记起在《大宝积经普明菩萨会》中有一段非常美丽动人的经文，是佛陀对迦叶尊者说的，简直像诗一样：

心去如风，不可捉故。

心如流水，生灭不住故。

心如灯焰，众缘有故。

是心如电，念念灭故。

心如虚空，客尘污故。

心如猕猴，贪六欲故。

心如画师，能起种种业因缘故。

心不一定，随逐种种诸烦恼故。

心常独行，无二无伴，无有二心能一时故。

心如怨家，能与一切诸苦恼故。

心如狂象，蹋诸土舍，能坏一切诸善根故。

心如吞钩，苦中生乐想故。

是心如梦，有无我中生我想故。

心如苍蝇，于不净中起净想故。

心如恶贼，能与种种考掠苦故。

心如恶鬼，求人便故。

心常高下，贪恚所坏故。

心如盗贼，劫一切善根故。

心常贪色，如蛾投火。

心常贪声，如军久行乐胜鼓音。

心常贪香，如猪喜乐不净中卧。

心常贪触，如蝇着油。

如是迦叶！求是心相，而不可得。

在经典中像这样的片段很多，可见心的变化很大，不只别人难以了解我们的心，连自己也常常不懂自己的心。这是为什么像寒山子这样能以最浅白的文字写境界的禅师都要感叹地说："吾心似秋月，碧潭清皎洁，无物堪比伦，教我如何说？"——其实，没有人懂我的心，因为我的菩提心是难以比拟的。

《大日经》里说："云何菩提？谓如实知自心。"是说一个人如果能如实知道自己的心，那就是菩提的所在，可见"如实知自心"说来平常，却是极不凡的。

一个人不懂自己的心是正常的，不然拿两段经文问问：

"天下人心，如流水中有草木，各自流行，不相顾望。前者不顾后，后者不顾前，草木流行，各自如故。人心亦如是，一念来，一念去，亦如草木前后不相顾望。"（忠心经）——请问：你可以主掌过去心、现在心、未来心吗？

"心取地狱，心取饿鬼，心取畜生，心取天人。作形貌者，皆心所为。能伏心为道者，其力最多。吾与心斗，其劫无数，今乃得佛，独步三界，皆心所为。"（《五苦章句经》）——请问：在六道轮回中，你可以选取要去的所在吗？你在与心相斗时，有胜的把握吗？

当我们讲"佛教"时，讲的不是形式，而是心，是心在教法，是佛陀调心的经验，而不是一个宗教的标签。

在我们生活的四周，能使我们的心更明净升华的，那是佛法！能使我们能往善良慈悲迈进的，那是佛法！能使我们生起觉悟与智慧的，那是佛法！能使我们更利他无我的，那是佛法！能使我们身心更安顿的，那是佛法！

佛陀的两位大弟子，一是智慧第一的舍利弗，一是神通第一的目犍连，他们都是听到一首偈而得法眼净的，这首偈是：

> 法从缘生，
>
> 亦从缘灭；
>
> 一切诸法，
>
> 空无有主。

佛法是无所不在的，但它不是一个固定的形式，这个时代最怕的是流于古板形式的佛法，那就像把慈悲两字在纸上写一百次，然后把纸张吞进肚里，慈悲也不会增进一丝一毫，即使佛陀在世，对形式主义的佛教也会大叹："其实，你不懂我的心"！

十指成林

郑板桥曾在寺庙里写过一个横匾——十指成林。

十指成林，是指人的双掌一合十，就像树林那么辽阔而伟大，在林里，有风、有鸟、有阳光，还有自然的生发。

人的双手合十，是合十念为一念，就是把杂念合而为一，表达了对佛菩萨以及自我的恭敬与期待。

当一个人能把杂念合为一念，就是禅宗说的"置心一处，无事不办"。也是"十方三世不离当念"。

在双掌，合十是没有间隙；在内心，合十是纯粹无所用心。

合十，可以极小，小到针尖；也可以极大，大到成林。

一切人类的文明与创造全是来自十指成林。

十指真的可以成林！

回到自己的居处

把蛇、鳄鱼、鸟、狗、狐狸、猴子分别用绳子绑起来，然后把绳子连结在一起，放它们逃生。

这时候，六种动物一定都按照习性想逃回自己的居处。蛇要回到洞里、鳄鱼要回到河里、鸟要飞入空中、狗要回去村落、狐狸欲奔回原野、猴子想回到森林的树上，因此它们彼此争斗，最后被力气最大的一只动物拖着前进。

这是佛经的譬喻，人也像这样，被眼、耳、鼻、舌、身、意六种根本欲望牵着前进，哪一种欲望最强烈，我们就被哪种欲望支配。在欲望的焚烧中，就会使我们有无边的痛苦，正如动物们找不到它们的归宿。

我们有幸生而为人，又是六根健全，就应该擅自珍惜，好眼睛要来见光明、好耳朵要观世音、好鼻子要闻自性芳香、好舌头要开演妙法、好身体要实践利他、好头脑要有正念……然后慢慢回归心田，止息五欲的追求，不再被欲望支配，这时，才算回到自己安居的所在。

在《楞严经》里，有一次佛陀随手取一条手帕，打成一个结，然后问弟子说："这叫什么名字？"阿难和众弟子同声说："这叫作结。"

接着，佛陀依次在手帕上打了六个结，按次第每打一结都问："这叫什么名字？"阿难和众弟子说："这也叫作'结'。"

佛陀就告诉弟子，这六个结是依次结成，因此第一个结和第六个结都不一样，虽然都是结，但应该把第一个打成的叫"第一个结"，依次类举，第六个打成的就叫"第六个结"。这是"巾体是同，因结有异"，人的六根（眼耳鼻舌身意）也是这样，本是同一性质，却有不同的名字，这是"毕竟同中，生毕竟异"。

佛陀问弟子说："如果认为六个结是多余的，只想进入本质，如何才能做到呢？"

阿难说："如果把所有的结解开，结既然不生，就没有了彼此，一个结的名称都没有，何况是六个呢？"

佛陀说："六解一亡，亦复如是，由汝无始心性狂乱，知见妄发，发妄不息，劳见发尘。如劳目睛，则有狂华，于湛精明，无因乱起，一切世间山河大地生死涅，皆即狂劳颠倒华相。"

这一段，佛陀说明了世间的事物都是妄心的发动，就像眼睛疲劳时在眼前舞动的狂华一样。

最后，佛陀甩动手里的手帕，问说："我现在左右拉动手帕，都不能解开这些结，到底要怎样才能解开呢？"

阿难说："要想解开这些结，应该从结心着手。"

佛陀说："对的，如果要除掉这些结，应该结心开始……阿难！这就像我们要解脱六根，应该从六根的结来解，根结如果除去了，尘相妄想自然消灭，到这时就只留下自性的真实了。我再问你，这条手帕的六个结，可不可能同时解开呢？"

阿难说："不行的，因为结是次第打成，应该依照次第打开才行。"

佛陀说："六根解除，亦复如是，此根初解，先得人空，空性圆明，成法解脱，解脱法已，俱空不生，是名菩萨从三摩地，得无生忍。"

（要想解脱六根，也是一样的道理，六根的生理活动能得到解脱，就能得到人空无我的境界，到空性圆明自在，就得到法的解脱，法既然解脱无缚，连空的境界也不生起，这就是菩萨从三昧正定，安住于不生不灭的实相里了。）

看到佛陀对弟子的精彩教化，使我们知道要自性清净，必须从六根清净入手，用禅师的话说就是"在六根门头，寻得解脱"，那等于回到自己的自性居处一样。

可叹的是，我们通常只看到打成的结，却忘记了手帕乃是结的本质了。

数字菩提

一箭过西天

奔马的速度很快，可是快不过时间。

飞燕的速度更快了，也一样快不过时间。

刹那刹那的念头更快更急，还是快不过时间。

这个世界没有一样东西快过时间，所以春天来临的时候，犹如奔马脚踩飞燕，是挡也挡不住的。

但人在开悟时的感觉，或可与时光比拟，禅里说"一箭过西天"，是指心性遥远、崇高而绝踪迹的境界，超越了语言、心得、时空，无任何迹象可循。

二大庄严

当我们看见一朵花开启，那是庄严。

当我们看到一枝草挺立，那也是庄严。

智慧从黑暗中开悟，犹如晨曦中的花开。

定力在波动中不失，仿佛风雨中不倒的青草。

有动人之美的是智慧，这是"第一义庄严"。

不随恶境波折的是福德，这是"形相庄严"。

《大般涅槃经》说："二种庄严，一者智慧，二者福德，若有菩萨具足如是二庄严者，则知佛性。"

菩萨之庄严，那是由于世界本来如是庄严。

三 清净

释迦牟尼佛指着大地，大地全部变成紫金色，他对弟子们说："心净，则国土净。"

——我的世界本来就这样清净，只是你们看不见罢了！

"清净"有心、身、相三种，对于这个世界不生染心、瞋心、骄慢心、悭贪心、邪见心，是"心清静"。

心清静了，能常得化生，不再轮回，叫"身清净"。

身心清静了，走到哪里，哪里就成为清净的世界，这是"相清净"。

看曦光中的树，翠绿如斯，感到就与自心的清净无异。

四 不思议

我们在成长的过程中常发现，我们对宇宙的了解是太有限了，就是一朵黄花从田野中开放，它所依凭的力量，人也不能完全了解。

所以，佛说，这世上有四件事是人不可思议的，众生的生死不可思议，世界的生成及始终不可思议，龙的意念不可思议，佛的清净境界不可思议。

既然一切都不可思议，让我们路过田园时仔细地欣赏一朵花吧！让我们在静寂的夜里不要思议，回观自己的心吧！

五色五智

从前在印度，僧团不得以青、黄、赤、白、黑五色制成法衣，认为这五种颜色是华美之色，是庄严极乐净土的颜色。

五色是法界体性、大圆镜、平等性、妙观察、成所作等五种智慧的象征，也是信、进、念、定、慧五种力量的代表。

到了中国，又和金、木、水、火、土五行结合，与地、水、火、风、空五大相通，成为宇宙的根本元素。

每一种颜色都是伟大的，因此树上一粒鲜红的李子中，也有大化的奥秘。

六窗一猿

释迦牟尼佛拿起桌上的一条宝花巾，打六个结，对弟子说，眼、耳、鼻、舌、身、意六根都是同一本性，因妄相而有六种不同。

这就好像一个房子里有一只猿猴，从六个不同的窗子看进去，仿佛是六只猴子，其实只有一只。

很多人在某一个特别的时空都会看到那只猴子，但是只有很少很少的人跳窗进去，抓住那只猴子。

抓住猴子再从窗子看世界，就完全不一样了。

七情六欲

凡人说的七情六欲，是从佛经来的。

喜、怒、哀、乐、爱、恶、欲是"七情"，乃是非之主，利害之根。

色欲、形貌、威仪欲、言语音声欲、细滑欲、人相欲叫作"六欲"，是凡夫对异性具有的六种欲望。

七情六欲原无好坏，沉沦了就堕落，清净了就超越。

可惜沉沦者众，清净者寡。

八功德水

佛经里，把很好很好的水叫作"八功德水"。

是说水具有八种功德、八种殊胜：

澄净、清冷、甘美、轻软、润泽、安和、除饥渴、长养善根。

包围着须弥山的七内海，还有佛净土的水都是八功德水。

其实，在我们居住的地方也有这样的水，今天路过犹澄明的澎湖内海就有这样的感慨：许多地方没有八功德水，那是因为当地的人没有功德了。

一个地方的水开始污染，表示人心已先污染了。

九品莲台

《观无量寿经》里说到，人如果求生净土，死后会依其善根因缘去往生净土，净土分为九品，人则从莲花里化生。

人从莲花里化生出，想起来就令人感动，可是莲花那么柔软，要多么柔软的人才能安住呢？

在这波动烦恼的人间，有时觉得能住在草树围绕的茅屋，心中没有烦恼，就是净土了。

十界一念

佛法里把世界分成十界：地狱界、饿鬼界、畜生界、修罗界、人间界、天上界、声闻界、缘觉界、菩萨界、佛界，前六界是凡夫的迷界，后四界是圣者的悟界，所以称为"六凡四圣"。

十界看来很遥远，其实很近，"十界一心平等"，"十界互具"，"十界一念"。

所以说人身难得，生而为人是珍贵的，因为十界都在我们的心中，偶尔抬眼看人间，总是看到悲喜的演出，这时就会想：超凡入圣吧！可是看到苦难不能解救，就会想：超圣入凡吧！

十一面观音

以观世音菩萨的形相，看了最令人心惊的是十一面观音。

十一面观音有十一张脸，顶上的佛面表示佛果。前三面慈相，见善众生而生慈悲心，大慈与乐。左三面瞋面，见恶众生而生悲心，大悲救苦。右三面白牙暴出，见净业者发赞叹，劝进佛道。最后一面大笑，是见到善恶杂秽众生而生怪笑，使其改恶向善。

十一面观音其实是人间相的总和，令人深思，其慈如山，其悲似海，而他的生气与爆笑，何尝不是深刻的示现呢？

十二因缘

佛经的根本教义是十二因缘：无明、行、识、名色、六处、触、受、爱、取、有、生、老死。

这是说生老病死一切的苦恼是从无明开始的，而一个人如果要灭除人间的苦，就要灭去无明与渴爱。

人生在这个天地，有哭有笑，有血有泪，看起来是多么奇妙，可是这奇妙是很久很久以前就开始了。

　　"此有故彼有，此生故彼生；此无故彼无，此灭故彼灭！"想要停止生死轮转，就要从此刻开始！

为现在，做点什么

有一天，我在敦化南路散步，突然有人从背后追上我，她一面喘着气，一面说："请问，你是林清玄吗？"

我说："是的。"

她很欢喜地说："我正想打电话到出版社找你，没想到就在路上遇见你。"

"你有什么事吗？"我说。

"我……"她欲言又止，接着鼓起勇气说，"我觉得，我还没有学佛以前很快乐，现在生活却过得很痛苦，不知道是不是自己出了问题？"

然后，我们沿着种满松香树的敦化南路散步，人声与车流在身边奔驰，有时我感觉这样看着不知从何处来、又要奔向何处的车流，总感觉是在看一个默片电影的段落，那样匆忙，又那样沉寂。

我身旁的中年女士向我倾诉着生活与学佛的冲突、挣扎与苦痛：

"我每天要做早晚功课，每次诵经一个小时。为了做早晚功课，我不能接送小孩上下学，先生很不满意，认为我花太多的时间在这些没有意义的事情上面。

"我的小孩很喜欢热门音乐，可是我们家只有一套音响，如果我放来做早晚课，他们就不能听音乐，常因此发生争执，孩子也因此不信佛教，讲话时对佛菩萨也很不礼貌，我听了更加痛苦。

"我的公婆、先生、小姑都信仰民间信仰，过年过节都要杀鸡宰鸭拜拜，我不能那样做，那样做就违背我的信仰，如果不做，就要吵架，弄得鸡犬不宁。

"我很想度他们，可是他们排斥我，也排斥佛，使我们之间不能沟通，林先生，你看我该怎么办？"

她说到后来，大概是触及到伤心的地方，眼眶红了起来。

"你为什么要学佛呢？"我说。

她说："这个人生是苦海，我希望死后去往生西方极乐世界。"

"那么，你为什么要每天做早晚功课呢？"我又问。

"因为我自己觉得业障很重，所以必须做功课来忏悔过去的业障。"她非常虔诚地说。

"你有没有想过，除了过去和为未来打算，应该为现在做点什么呢？"

她立刻呆住了，张口结舌说不出话来，因为确实在她学佛的过程中，她完全没有想过"现在"这个问题。

我就告诉她：好好地对待先生，这是很好的功课！每天关怀孩子，接送他们上下学，这也是很好的功课！试着不与人争辩，随顺别人，也是很好的功课！甚至与孩子一起听热门音乐，使他们感受到母亲的爱，因而安全无畏，也是很好的功课！菩萨行的"布施""爱语""利行""同事"讲的就是这些呀！如果我们体验到"家家有本难念的经"，把自家里的那本经读通、读熟了，体验真实的佛法就很简单了。

"因为，家里的这一本经和佛堂墙壁上的经是一样深奥、不可思议的呀！"

惜别的海岸

在恒河边，释迦牟尼佛与几个弟子一起散步的时候，他突然停住脚步问：

"你们觉得，是四大海的海水多呢？还是无始生死以来，为爱人离去时所流的泪水多呢？"

"世尊，当然是无始生死以来，为爱人所流的泪水多了。"

弟子们都这样回答。

佛陀听了弟子的回答，很满意地带领弟子继续散步。

我每一次想到佛陀和弟子说这段话时的情景，心情都不免为之激荡，特别是人近中年，生离死别的事情看得多了，每回见人痛心疾首地流泪，都会想起佛陀说的这段话。

在佛教所阐述的"有生八苦"之中，"爱离别"是最能使人心肝摧折的了。爱离别指的不仅是情人的离散，指的是一切亲人、一切好因缘终究会有散灭之日，这乃是因缘的实相。

因缘的散灭不一定会令人落泪，但对于因缘的不舍、执著、贪爱，却必然会使人泪下如海。

佛教有一个广大的时间观点，认为一切的因缘是由"无始劫"（就是一个无量长的时间）来的，不断地来来去去、生生死死、起起灭灭，在这样长的时间里，我们为相亲相爱的人离别所流的泪，确实比天下四个大海的海水还多，而我们在爱别离的折磨中，感受到的打击与冲撞，也远胜过那汹涌的波涛与海浪。

不要说生死离别那么严重的事，记得我童年时代，每到寒暑假都会到外祖母家暂住，外祖母家有一大片柿子园和荔枝园，有八个舅舅，二十几个表兄弟姊妹，还有一个巨大的三合院，每一次假期要结束的时候，爸爸来带我回家，我总是泪洒江河。有一次抱着院前一棵高大的椰子树不肯离开，全家人都围着看我痛哭，小舅舅突然说了一句："你再哭，流的眼泪都要把我们的荔枝园淹没了。"我一听，突然止住哭泣，看到地上湿了一大片，自己也感到非常羞怯，如今，那个情景还时常从眼前浮现出来。

不久前，在台北东区的一家银楼，突然遇到了年龄与我相仿的表妹，她已经是一家银楼的老板娘，还提到那段情节，使我们立刻打破了二十年不见的隔阂，相对一笑。不过，一谈到家族的离散与寥落，又使我们心事重重，舅舅舅妈相继辞世，连最亲爱的爸爸也不在了，更觉得童年时为那短暂分别所流的泪是那么真实，是对更重大的爱别离在做着预告呀！

"会者必离，有聚有散"大概是人人都懂得的道理，可是在真正承受时，往往感到无常的无情，有时候看自己种的花凋零了、一棵树突然枯萎了，都会怅然而有湿意，何况是活生生的亲人呢？

爱别离虽然无常，却也使我们体会到自然之心，知道无常有它的美丽，想一想，这世界上的人为什么大部分都喜欢真花，不爱塑胶花呢？因为真花会萎落，令人感到亲切。

凡是生命，就会活动，一活动就有流转、有生灭，有荣枯、有盛衰，仿佛走动的马灯，在灯影迷离之中，我们体验着得与失的无常，变动与打击的苦痛。

当佛陀用"大海"来形容人的眼泪时，我们一点都不觉得夸大，只要一个人真实哭过、体会过爱别离之苦，有时觉得连四大海都还不能形容，觉得四大海的海水加起来也不过我们泪海中的一粒浮沤。

在生死轮转的海岸，我们惜别，但不能不别，这是人最大的困局，然而生命就是时间，两者都不能逆转，与其跌跤而怨恨石头，还不如从今天走路就看脚下，与其被昨日无可换回的爱别离所折磨，还不如回到现在。

唉唉！当我说"现在"的时候，"现在"早已经过去了，现在的不可留，才是最大的爱别离呀！

及时

近人陈建民居士有一首诗《悼老丐》，我非常喜欢：

老丐吹箫搏小资，

年来气力已难支；

忽传饿毙松林里，

始悔从前未博施。

写的是他听见了路旁老乞丐因饥饿死在松林里，懊悔自己从前没有好好布施这位乞丐。这首词意简洁的诗，很能给我们一些启发，就是做什么事都应该"及时"，此时此地有意义的事，到彼时彼地可能就成粪土了，因此，此生此世应为之事，也不应寄望到来生来世。

世人只知道要及时行乐，但不知一切行为都应及时，"及时"的精神就是"当下"的精神，也正是"好雪片片，不落别处"的精神。

陈居士另外有一首诗：

蚁虫原是阿弥陀，

敢谤弥陀别有多；

供罢红糖何所见？

黄金为地在娑婆。

　　劝勉净土行者应该对待一只蚁虫的慈悲犹如崇敬阿弥陀佛的心情，如果不能在最细微处有慈悲，就很难与阿弥陀佛相应。最令人动容的是后面两句，当我们为蚁虫供养了红糖，蚁虫所见的世界就如同是黄金遍地的佛国了。

　　对蚁虫而言，红糖铺地就是它的净土，因而净土究在何处？自然是在心地，一个人心地"及时"在光明里、在慈悲中、在觉醒处，当时当刻，就在净土里了。能常常及时净土，就更有机会进入佛菩萨真实的净土了。

　　当我们起了善念慈悲时，不要隐忍走过，而要及时实践，因为说不定一走过去，明天就听到老丐饿死在松林的消息。

　　"及时"说的不只是心念，而是实践！

在“我”中觉醒

今天收到一封从荷兰寄来的信，厚厚的九张信纸，是一位艺术家朋友丁雄泉写来的。丁雄泉是我们现代少数的国际级艺术家，我们见过许多次，但都没有真正的深谈，我对他一如赤子的性格十分欣赏，因此收到他的长信给我带来一阵惊喜。在这个年头，以书信往返的情况越来越少，每天塞满信箱的不是印刷品就是告诉邮件，有时候收到一封朋友的好信，就像在沙堆中拣到珍珠。

我很愿意和你分享老丁的珍珠：

清玄兄：

在台北与管管逛街，我们找了半天书店，寻到了一本你的书《星月菩提》，我预备在天空里看，结果我在半夜里读了你的书，觉得十分清新，像泡在一池的莲花里。

星星太远，无法亲近，我非常快乐感到你解说的佛学，但有一点觉得不高超，就是为什么每一个参禅的师父或弟子都要成佛？为什么？我认为心中希望成佛的和尚们都是像在做买卖，我本人认为禅就是变化，能随时随地和大自然的变化而变化，调和一切，喜怒哀乐只是眉头一皱就调和了的事。

还有，我认为只有浪子、花花公子、妓女、强盗才有资格参禅，一个和尚已吃素已穿灰衣裳已坐在庙里，根本不需要再参禅。人生有限，一个人的一生并不需要都是处女，或从不做坏事而非常纯洁光明单纯和牛羊一样，一个人稍为坏一些，可是一生却能非常快乐，岂不更妙？

我认为一些和尚，戒色、戒酒、戒快乐、戒悲哀，已只是一部分的人，并不是完完全全的，只是一半的一半的人。所以，我认为所有宗教只是一些已散失的学问，十分不完全。

一个人不做爱，根本没有真的爱，一切都是冰冷，一切都是幻想，所以我十分希望你能解的禅学没有天堂与地狱，没有戒色等等，你应是把天堂与地狱连在一起的。

清水禅师

清雨禅师

清风菩萨

清山菩萨

清绿佛

清明公子

清玄道士

清心法师

我给你起的一些名字，令你一笑。我觉得你非常有灵性，是唯美的居士，因为美才信佛，因为佛是唯美的人。我欢喜佛，及所有的菩萨或禅师都是没有名字，像天上的云一样，都是美的化身，也不说教，大家多活在鲜花里。像春天的蝴蝶、蜜糖和彩虹多是无名的；像大河边上的水上人家，数千年活在美好的时光里。

一切的宗教都是有条件的规矩，我本人喜爱无规无矩浪漫精神，像西班牙的热情舞蹈，像大游行，一样令人心跳，觉得人这么有力量。不像那些坐在庙堂里灰尘重重的木佛，冷冷清清，真真假假。

希望维摩诘能来和我们一起饮茶谈天说地。

　　　　　　　　　　　　　　雄泉三月三日于荷兰

这封信是不是写得很有趣？近几年来，由于我写了一些菩提的书，有许多人问我关于学佛的事，但大部分是已入佛门的佛弟子，少有像老丁这样直截了当地提出心中的质疑，这封信于是令我想到佛教，乃至别的宗教信仰的一些问题，其中的最有意思的是，宗教思想对我们有何意义？对我们的精神生活有何帮助？更进一步地说，宗教是不是可以满足人的生命欲求？能不能解除人，乃至社会的苦恼？

尤其是到了现代，大家对现实世界的重视，宗教的思想仿佛离我们愈来愈远了，不要说是宗教了，凡是一切离开现实、名利、享受的事物，都有日趋薄脆的趋势，例如道德、伦理、关怀、正义、无私的爱等等，都如田野上的晚云，被风一吹，就飘远了。

若要把人追求的精神生活之究竟归纳出来，就是"真、善、美、圣"四字，这原不是宗教所专属，但这些都是超越了名利权位的。一个人若不能把真善美圣的追求订在超越现实生活的位置，则这个人肯定不能创造人生更高的价值；一个人若汲汲于现实的生活，则他必不能发现生命之真、人心之善、生活之美、理想之神圣。

追求真善美圣，不是在自心外找一些可肯定的东西，而是在追求更高、更深、更远、更大的自我，若能使那个自我开启出来，则不论庙里的和尚，或浪子、妓女、花花公子都有追求真善美圣的立足点，他们同样可以找到清净光明无碍的生命。只是他们可能要通过不同的历程与方式去追求，去通向生命的真实。

我时常说，真理是普遍存在的，人生的真理存在于人生的各种面目中，找不到真理是人自己的问题，不是人生中没有真理。因此，我相信人人的生活里都有"悟"，找不到悟的人，恐怕要鄙俗地过一生，从来不知道自我潜藏了极大的可能，那么，一个人永为浪子、妓女、花花公子，这样的生活不是十分可悲吗？

从前读天台宗开山祖智顗大师的《摩诃止观》，里面有一段我非常喜欢：

"圆顿者，初缘实相，造境即中，无不真实。系缘法界，一念法界，一色一香，无非中道。已界及佛界、众生界亦然。阴入皆知，无苦可舍。无明尘劳即是菩提，无集可断。边邪皆中正，无道可修。生死即涅槃，无灭可证。无苦无集故无世间，无道无灭故无出世间。纯一实相，实相外更无别法。"

如果你能领会这一段话，就稍可体会到老丁的问题，在这里全找到了答案。

这段话意思是，世界的一切都是真实的，我们的世界其实就是最高法界的世界，一朵野花、一丝香气，都合乎中道的妙有，我们的世界与佛的世界、众生的世界是没有什么分别的。佛法说灭除了苦、集、灭、道就能得到涅槃的解脱，但这不表示我们生存的世界外另有世界，出离人生之苦不必离开世间，得道解脱也不必在世间之外。如果佛的世界不能与世间生活相结合，佛的存在就失去必要性，因为，苦恼的三界本来就是佛菩萨的世界呀！

让我们再来念一次这几句美丽的句子："一色一香，无非中道"，"边邪皆中正，无道可修"，"无苦无集故无世间，无道无灭故无出世间"。我们愈是正视这充满矛盾痛苦的现实人生，愈能感觉到佛的大悲。我们愈是在悲哀无助的境地，愈是感觉到佛的慈悲智慧在其中发动，源源不绝——这慈悲智慧不是来自别处，而是来自我们更深更高的自我！

以此之故，一个人如果能悟，山青水绿、鹊噪鸦鸣，无一不是佛法；一个人如果迷了，则花池宝树、玉殿琼楼，无一不是世间法。那么，丁雄泉信中所说天上的云、地上的鲜花、春天的蝴蝶、蜜糖和彩虹、大河边上的水上人家、西班牙的热情舞蹈，也都是人心的映现、佛法的真实，只看我们能不能有悟的心，能不能有清明的观照罢了。

智顗大师在另外一本著作《观音玄义》里有一段与弟子的问答，也能说明这个观点：

问："阐提与佛断何等善恶？"

答："阐提断修善尽，但性善在。佛断修恶尽，但性恶在。"

问："性德善恶何不可断？"

答："性之善恶但是善恶之法门，性不可改，历三世无谁能毁，复不可断坏！"

这里提出了一个惊人的观点，是说佛并不断性恶，但因为通达恶，因此对一切恶能自在，不会受恶的影响而生恶，佛也就永远不会恢复恶。由于佛有这种自在，因此佛不仅不会染恶，更能使恶也化成慈悲力——地藏王菩萨就是以这种在恶中不染恶的慈悲力下地狱的呀！

我们在恶里受染，不能自在，因此就会被恶所缠缚。其实善恶是非不是主体，人的心性才是主体，于是，浪子、妓女都可以不为恶所染，均可以自在。

那么，一个人如何能不被恶所染，得到自在呢？

答案是非常简单，就是在我中觉醒，破掉人我的执着。妓女若能破掉了妓女的认知，找到清明的真实，就从时空中醒了过来，她就得到自在了。

在这个世间生活，我们之所以有喜怒哀乐、人我是非、烦恼痛苦都是因为对于"我"的执着。我们执着自己的身体、名字、利益、事业、社会关系等等，而这些是不是真实的我呢？

我们看过的很多书，都把佛的道理说得太复杂、太高远、太深奥，使大部分的人担心自己不能追求或没有资格追求。其实，简单的一句话就是"在'我'中觉醒"，任何一个平凡人都可以通过觉醒找到存在宇宙中的妙有，哪里有身份职业的区别呢？觉醒的人一旦破了我执，则"即事而真"、"一心具万行"、"一切无非妙道，体之即神"、"即明众生是真际"，道不是那么遥远的，道就在我们现实的生活里，离开现实生活的求道就像六祖慧能所言，是在兔的头上求角呀！

超越了世间与出世间的佛教是这样，而我们所追求的精神生活无不如此，科学家由更深更高的自我来创造更利便于人的生活；艺术家由更深更高的自我来创造多彩多姿的世界；文学家由更深更高的自我来创造更远大的梦想；我们可以说人类文明的发展，是基于许多人对更高更深自我的开启，而人类创造的泉源则是基于人的觉醒。

能觉醒者纵是妓女也是可敬佩的，在《维摩诘经》里有一首偈，其中四句是"或现作淫女，引诸好色者，先以欲钩牵，后令入佛智"，是说菩萨为教化众生，可能有各种示现，化为淫女也是可能的。这是何其伟大的识见，只要打破了执着，就知道这种识见真实地超越了人我的见解。

因此我觉得一个人没有宗教信仰其实不是那么重要的，但一个人一定要有宗教的思想与宗教的情操。即使完全没有宗教信仰的人，也应该透过不断的觉醒来改造自己，把自我提升到更高远的精神境地，这样，无论从事什么行业，才能在现实生活中有一个安身立命的所在；这样，无论从事的工作多么渺小卑微，都能有更大的识见，活得更尊严、更自在、更有兴味。

最后，我引用隋朝昙迁法师在《亡是非论》中的几句话：

"夫自是非彼，美已恶人，物莫不然。以皆然故，举世纷纭，无自正者也。"

我们常觉得自己美丽良善，别人丑陋恶俗，这是人的通病，全世界都是这样，于是就找不到一个自正的人了。"自正"是在我中觉醒，是在找更高更深的自我。我从十几岁的时候就希望做一个自正的人，愿能"行不负于所知，言不伤于物类"，虽然做自正的人可能要艰苦一些，中宵思之不免悲慨盈怀，但如果不自正则将永为浪子，在宇宙间飘浮不得解脱了。

现在给你写信，在我案前的一盆酢浆草正开着紫蓝色的花，在每一朵花间我都看到了"自正"之美，它们那么昂然、自尊、自在，并不因为它们开在山野路边而畏缩，也不因它们无名不为人知而自怨自怜。当然，种在美丽的花盆里，它也不会傲慢、偏见，忘失自己在田野中的紫蓝色。

这花，使我们感触到了宇宙生命的神秘，并知悉了宇宙间自有的秩序，山青水绿，流水不离，深水无波，四季正在静静地转变着，今晨我照镜子，发现又生了不少白发，想到这每一根白发都如野处的几朵小花，思之不禁怃然。

跳跃的黄豆

在一个荒僻的山区，独居着一位老婆婆，她的丈夫和儿子都过世了，独自住在小茅屋只以糌粑为食。

这位老婆婆由于境遇坎坷，觉得自己的罪业深重，就到处向人求教忏悔罪业的方法，有一天遇见一位路过的人教她念观世音菩萨的六字大明咒"嗡嘛呢叭咪吽"（om mani pqdme hom），就可以忏悔罪业，结果她在回家的路上就把咒语记错了，念成"嗡嘛呢叭咪牛"，牛和吽的音当然相差很远了。

老婆婆为激励自己精勤念咒，准备了两个大碗，一碗放满黄豆，一碗空着，每念一句咒语就把一粒黄豆放到空碗里去，这样循环往复，从不停止地念了三十几年，到后来，她不必再用手拿黄豆就自动从这个碗跳跃到另一个碗里。

老婆婆看到黄豆跳跃，知道自己修行得法，忏悔可期，非常高兴，念咒就更加精进了。

有一天，一位修行相当有成就的喇嘛路过这里，当他在荒山野地行走时，远远看见一间破陋的小茅屋，四周放射着金色的光明，喇嘛心中大为震动，心想："我这次走过那么多地方，拜会过多少修行人，没有看过如此盛大的光明，这茅屋里一定住着一位得了道的高僧。"于是不惜放弃原来的路，向茅屋走去，想要参访这位得道的高僧。

等他走到茅屋，看到只有一个老太婆，贫穷可怜、孤苦伶仃，一点也不像得道的样子。老婆婆见到喇嘛驾到，赶紧跪下来顶礼，口里还紧念着"嗡嘛呢叭咪牛"。

喇嘛心里非常纳闷刚刚见到了光明，就问道："老太太，你在这里住多久了，只有你一个人住吗？"

老婆婆说："只有我一个住，已经三十年。"

喇嘛不禁感慨："一个人住在这么荒僻的山里，很可怜啊！"

"不会不会，我自己在这里学佛修行，日子过得很好！"老婆婆说。

"你修些什么呢？"

老婆婆说："我只念一句'嗡嘛呢叭咪牛'！"

喇嘛一听不禁叹息一声说："老太太，你错念了一个字，应该是"嗡嘛呢叭咪吽"，不是叭咪牛啊！"

老婆婆听了非常伤心，认为自己三直十几年的工夫都白费了，忍不住难过落泪，但她马上止住眼泪向喇嘛顶礼说："还好现在您告诉我，否则可能要一路错到底了"。

喇嘛告诉老婆婆后，继续未来的行程。

这时老婆婆坐在桌前照喇嘛教的"嗡嘛呢叭咪吽"重新起修，心思纷乱，碗里的黄豆也不再跳跃了，她边念六字大明咒，边流下懊悔的眼泪，悔恨自己浪费了三十年光阴。

喇嘛走远了回头一看，小茅屋一团黑暗，竟看不到先前的赫赫光明，他十分震惊，转念一想："糟了，是我害了她。"

于是，喇嘛赶紧走回茅屋，对老婆婆说："我刚才教你念嗡嘛呢叭咪吽是玩笑话！"

老婆婆说："师父为什么要骗我呢？"

喇嘛说："我只是试试你对三宝的诚心，发现你对我的话毫不怀疑，实在非常可贵。其实你原先念的咒完全正确，以后就照你原来的音去念就好了！"

老婆婆听了，高兴极了，赶紧跪下来拜："谢天谢地，我三十年的工夫不是白做了。"

喇嘛告辞以后，老婆婆一念"嗡嘛呢叭咪牛"，黄豆又跳了起来。

喇叭走到山顶上，再一次回头看茅屋，茅屋上的光明炽亮，威赫粲然，比原来还要更盛。

这是佛教里流行甚广的故事，我稍微重新整理，记得第一次读到这个故事，内心非常感动，它说明咒音虽然是重要的，但强大的信心与专一的意念比咒音还重要。

六字大明咒的庄严殊胜圆满成就是无法以文字表明的，勉强翻译成白话，可以说是"祈求自性莲花藏中的佛"，或者"祈求自心的清净莲花开放"，可见学佛学密，甚至学一切清净之法，自心才是最重要的，老婆婆在真信与诚敬中念咒，心地一片光明，咒音对她有什么重要呢？当然，对于还不能心地无染使黄豆跳跃的我们，咒音仍是重要的。

唐朝诗人孟浩然有一首诗：

夕阳照雨足，空翠落庭阴；
看取莲花净，应知不染心。

当我们看见在夕阳雨中的莲花，以一种清净无染的姿势擎举出来，应该使我们街道心性的清净不受污染，也可以像莲花那样。这时候，只要领会了莲花的清净也就够了，至于那朵莲花有几瓣、什么颜色有什么重要呢？

现在，观世音菩萨的六字大明咒已经是最普遍的咒语，但很少人知道它的来由。如果我们知道"嗡嘛呢叭咪吽"这六字真言是从观世音菩萨裂成千片的脑袋所开出，就会更加动容赞叹。

从前观世音菩萨是阿弥陀佛的弟子，他具足诸行，等解万法，等待众生，他在佛前发下一个伟大的誓愿，他说：

"尽我形寿，遍度一切众生，若有一众生不得度者，我誓不取正觉。若我于众生未尽度之时，自弃此宏誓者，则我之脑裂为千片。"

立下这个大誓愿后，观世音菩萨就应现各种神通，悲智双运地来度脱众生，经过无量劫以后，他所度的众生已像恒河沙一样多得无法计算。但是，他环顾世间众生，看到生者无量，又因为愚痴堕落，受各种痛苦；而正在造恶业的众生也是无量无边，照这样子轮回下去，众生的痛苦是永远不能断绝的，而众生也就永远不能度尽。

想到这里，观世音菩萨就起了大忧恼，有点泄气，心想："众生之苦乃与众生之生以俱来；世间既存，苦何能已？苦苦不已，度何能尽？昔年之誓，是徒自苦，而于众生亦无有益；无益之行。何必坚持？"

这一段译成白话是："众生的痛苦，是和众生的诞生一起诞生的，世间既然存在，痛苦怎么会结束呢？既然是苦苦循环不断，众生哪里可以度尽？我当年的誓言只是自己在找苦头吃，对众生并没有什么利益，没有利益的行愿，又何必继续坚持呢？"

观世音菩萨心里就起了一丝退转之念，这个念头才升起，他的誓言已经实现，观世音菩萨的脑袋忽然自裂成千片，犹如一朵莲花。这时，阿弥陀佛就从裂成千片的脑中现身。对观世音菩萨说：

"善哉观世音！宏誓不可弃，弃誓为大恶；昔所造诸善，一切皆成妄。汝但勤精进，誓愿必成就。三世共十方，一切佛菩萨，必定加护汝，助汝功成就。"

并且即传授"嗡嘛呢叭咪吽"的六字真言，观世音一听到六字真言，得大智慧，生大觉悟，更加坚持旧誓，永不退转。我们现在都知道观世音菩萨大慈大悲，有千手千眼救苦救难广大灵感的伟大力量，他的力量就是成就于阿弥陀佛传授六字真言的那个时候，因此，一般把六字真言也称为"观世心咒"。

这是多么动人的故事，化成千片的菩萨之脑，开启了一朵千叶之莲，正是六字大明咒最美丽的象征，我们是不是也能、也愿意、也祈求即使身体碎为微尘，还能坚持一朵清净莲花的自在盛放呢？

记得我第一次听见唱诵的六字真言，那素朴、庄严、单纯、清净、充满力量的美丽声音，就令我感动落泪，这世界，哪晨还有这样令人一尘不染、清净无畏的声音呢？

且让我们在优雅的六字大明咒的唱诵中，来读一首偈：

> 一念心清净，
> 处处莲花开；
> 一花一净土，
> 一土一如来。

欢乐中国节

传说在中国有三位修行者，没有人知道他们的名字，只知道他们是爱笑的圣人，因为当人们看到他们时，他们总是在笑，从一个城市笑到另一个城市。

每到一个城市，他们就会在市场、街道、或广场中央大笑，使附近的人都围着他们，慢慢的，本来迟疑的人也走过来了，像口渴的人走向井边，顾客忘了他们要买什么，店主把店铺关了，一起到这三个人的旁边，看他们笑。

他们的笑是那么自在、那么无碍、那么优美、那么光辉，使旁观的人都深深的感动了，因为生活在市集里的人从没有那样笑过，甚至已经忘记人可以那样笑着。

他们的笑会感染，旁观的人开始笑，然后所有的人都笑了，就在几分钟前，那市场是个丑陋的地方，人们有的只是贪婪、嗔恨、愚痴，卖的人只想到钱和渴望钱，买者则只想贪小便宜，他们的笑改变了市场的气氛，使所有的人汇成一体，欢欣、无私、互相欣赏，就好像很久才有一次的节庆。

人们先是笑，忘记了是要买或卖，随后，人们真心笑了，最后甚至围着三个人忘情地跳舞，仿佛进入一个新世界。

由于这三个人所到之处，都带着欢笑，使他们行经之地都变成天堂，所有的人都喜欢见到他们，称他们是"三个爱笑的圣人"。

当圣人的名字传扬开来，就有人问道："给我们一些启示，教导我们一些真理吧！"

他们总是说："我们没有什么好说，只是不断地笑！"

他们走遍全中国，从一地到另一地、从城市到乡村，帮助人们去笑，去开发内在的笑意，凡是悲伤、哀痛、贪婪、嗔恨、愚笨的人都跟着他们笑，慢慢的，人们懂得笑了，生命就得到了崭新的蜕变，就像是一只丑陋爬行的虫化成了斑灿自由的彩蝶。

他们的日子就在笑中度过。

有一天，三个爱笑的圣人之一过世了，村人聚集着说："他们的友谊那么好，现在另外两位一定会哭吧！他们不可能再笑了。"

但是，当村民看到其中两位时都吃了一惊，因为他们正在笑，在唱歌跳舞，在庆祝最好的朋友离开了这个世界。

村民充满疑惑，并且有一点生气地说："你们这样太过分了，一个人死了是多么悲伤的事，你们还笑、还跳舞，这对死去的人是多么不敬！"

两个微笑的圣人说："我们的一生都在笑里度过，我们必须欢笑，因为对一位一生都笑的人，欢笑是最好的，也是唯一的告别。而且，我们不觉得他过世了，因为生命不死，笑着离开的人一定会笑着回来！"

笑是永恒的，就像波浪推动，而海洋不变；生命是永恒的，就像演员下台了，戏剧仍在进行；大化是永恒的，花开花落，树却不会枯萎。可惜，村民不能了解这些，所以那天只有他们两个人在笑。

尸体要焚化之前，村民说："依照仪式，我们要给他洗澡，换一套干净的衣服。"

但是两个微笑的圣人说："不！我的朋友生前就吩咐不举行任何仪式，只要按照他原来的样子放在焚化台上面就好了。"于是，死者被以本来面目放在焚化台上焚烧。

当火点燃的时候，突然之间，烟火四射，原来那个老人在他的衣服里藏着许多节庆的鞭炮和烟火，作为他送给观礼者的礼物。

烟火飞扬到高空，爆开时有各种缤纷的颜色，闪亮的火光照耀了整个村落。

本来微笑的圣人疯狂地笑了起来，村民也笑起来了，马路、树木、花草甚至焚烧尸体的火焰都在笑着，然后大家开始快乐地跳舞，过了村落有史以来最大的庆祝会，在欢笑与跳舞的时候，大家感觉到那不是一个死亡，而是一个新生命的开始、一个全新的复活。

最后大家都知道了：如果能改变死亡的悲伤，知道生死的实相，人就不会有什么损失了！

对我们来说，只有当我们知道快乐与悲伤是生命必然的两端时，我们才有好的态度来面对生命的整体。

如果生命里只有喜乐，生命就不会有深度，生命也会呈单面的发展，像海面的波浪。

　　如果生命里有喜乐有悲伤，生命才是多层面的、有活力的、有深度的，又能发展的。

　　遇到生命的快乐，我要庆祝它！遇到生命的悲伤，我也要庆祝它！庆祝生命是我的态度，不管是遇到什么！快乐固然是热闹温暖，悲伤则是更深刻的宁静、优美，而值得深思。

　　在禅里，把快乐的庆祝称为"笑里藏刀"——就是在笑着的时候，心里也藏着敏锐的机锋。

　　把悲伤的庆祝称为"逆来顺受"——就是在艰苦的逆境中，还能发自内心地感激，用好的态度来承受。

　　用同样的一把小提琴，可以演奏出无比忧伤的夜曲，也可以演奏出非凡舞蹈的快乐颂，它所能达到一样伟大、优雅、动人的境界。

　　人的身心只是一个乐器，演奏什么音乐完全要靠自己。

　　所以，即使在最悲伤的时候，也让我们过欢乐中国节吧！

践地唯恐地痛

从前，有一位名叫龙树的圣者，修行无死瑜伽，已经得到了真正成就，除非他自己想死，或者死的因缘到来，外力没有一种方法可以杀死他。

然而龙树知道还有一种方法可以杀他，因为他从前曾经无心地斩杀过一片青草，这个恶业还没有酬报。

有一天，龙树被一群土匪捉去了，土匪把刀子架在他脖子上，却砍不死他。

龙树就对土匪说："这样杀，你们是杀不死我的，如果你用别的方法杀也杀不死我，因为我已修成了不可思议的能力。但是我曾经伤害过一些青草，如果你抓一把青草放在我的颈上，才能将我杀死。"

土匪于是依他所说，放些青草在他颈上，就这样把他杀死了。

龙树的故事真是一则动人的传说，它说明了，即使对植物行使恶业，也会得到果报。虽然龙树在那一刻也可以选择不死，但他了知因果的法则，为圆满修行的功德，乃不惜一死。最令人感动的是，所谓"无死瑜伽"的真正成就，不是肉身的不死，而是法身的长存。

近些年来，时常有人问我，学佛的人要如何来面对现实社会的问题，尤其是面对大家都关心的环境保育与爱护动物的问题，佛教徒应有什么样的态度？龙树菩萨的故事提供了我们一个最好的答案。消极地说，斩杀一片青草都是有业报的，因此佛教徒应该爱护大地上的一切事物；积极地说，热心参与投入环境保育与爱护动物的社会工作，正是一种勇猛的菩萨行，当我们看到非佛教徒实践这样的理想，也应以菩萨观之无疑。

在佛制里，每到夏天，僧侣有"结夏安居"的传统，结夏安居即是夏天应在寺院里闭关，除了潜心修行之外还有一个重要的意义，就是夏天蛇虫在外面出没频仍，若外出走动很容易伤及生命。此外，僧侣在夜间也避免外出行走，走的时候应俯首看脚下，也是担心无意中伤害了无辜的生物。

我们虽然无法做到像出家人一样，但是心里应该学习那样细微的慈悲，我们爱惜自己生命的同时，应该也能想到一切生物，乃至一株卑微的小草，都与我们一样爱惜生命，如此，我们就能更戒慎、更小心地生活。

也许有人会觉得奇怪，为什么连斩杀青草都有业报呢？要知道，在每一片青草里都有无数的生命，或者有许多生物依赖青草为生，恣情伤害青草，不也等于间接伤害了生命吗？

当我们看到一些工厂排放废水，流入清澈的河川，仿佛听见了鱼族悲凄的哭喊；而一些污染了大地的行为，也好像使我们感受到树木花草以及其中许多小生命垂死的挣扎。所以说，佛弟子应该珍惜山河大地，一者山河大地乃是佛的法身，二者不但要自求清净，也要求国土清净。

佛陀的本生因缘里，有一世名为"睒子"，是一个非常孝顺父母、无限慈悲的人，经典上说他"践地唯恐地痛"，读到这样的句子真是令人心痛，当一个人踩在地上时那样轻巧小心，珍惜着大地，唯恐自己踩重了一步使大地疼痛，那么肯定是不会伤害任何一个众生的。

"践地唯恐地痛"这一句话表达了菩萨无限的感恩、无限的慈悲，与无限的承担！

我们应该体会龙树的心情、学习睒子的精神，我们取用这世界上的一切东西，要如赶情人的约会那样珍惜与欢欣；我们用过了的事物放下时，要如与爱侣分离那样地不忍与不舍。我们要轻轻地走路、用心地过活；我们要温和地呼吸、柔软地关怀；我们要深刻地思想、广大地慈悲；我们要爱惜一株青草、践地唯恐地痛！这些，都是修行的深意呀！

布施，是菩提净土

Ｉ

有人向我问起布施的事。

我说：布施就像泡茶一样，我们泡茶请客的时候，往往随手抓一把茶叶丢进去，不会算一茶壶共用几片茶叶。

一把茶叶的组成，是一片一片的茶叶，每一片茶叶看来都那样渺小，但一壶茶水里，每片茶叶都有芳香，不管泡多泡少，倒多少杯，每一杯茶里都有每一片茶叶的芳香。

布施也是这样，有时候我们把一片茶叶丢进一壶茶，虽然那么小的一片，与许多富有的人不能相比，但也只是如此小的一片，就盈满了整壶茶。

当别人在泡大壶茶的时候，别忘了丢一片茶叶进去，如果有能力，丢两三片更好；如果更有能力，抓一把丢进去也无妨。

从最小的一片茶叶做起，这是为什么佛教里说"随喜功德"，而不说"拼命功德"的原因了。

布施，正是从随喜开始。

2

有人问我说，布施的时候偶尔会想到回报的问题，该怎么办？

我说："我们可以来做一个实验。"

找一盆水和一杯蜂蜜，将蜂蜜倒入水里，搅拌均匀，然后想办法把蜂蜜从水中捞起来，试问这样可以做到吗？

那人说："当然是做不到了，溶化的蜂蜜怎么可能取回呢？"

是的，一个人行布施正是如此，是把蜂蜜加入水中搅拌，一直到中边皆甜，端给别人喝，然后忘记蜂蜜是自己的，忘记蜂蜜的存在，乃至忘记喝掉那杯蜜水的人，这三重的不记，就是佛法说的"三轮体空"。

因而布施的人要有放下的态度、要有随缘的心，在时空因缘中，我们随缘地把自己有的也分给别人，那是使这世界因缘善的循环的开始。

我们随缘的布施，永远有利息在人间。

3

有人对我说，我们的人生这么有限，我们的能力这么渺小，布施出去的那一点点，真的对别人有用吗？

我说："那我们应该学习看山看海。"

最高的山，它不是独自存在，也是由土石形成的，山里的一块石头、一把沙看起来不重要，但在许多关键时刻，掉了一块石头，山就可能崩了。

最广的海，它不是虚幻所成，也是由一滴一滴的水组成。一滴水或者不多，很多滴水可能就会成为排山而来的波浪。

山水是由渺小与有限组成的，高大无边的功德之山，也是由渺小有限的功德组成的。每一个渺小有限的布施，都非常有用。

让我们来学习做一点布施吧！

随意一些，人人都可以用小石小沙堆成一座高山。

4

有人布施时有挣扎，担心布施被人骗了，甚至担心街头的乞丐都是假冒的，想布施担心受骗，不布施则于心有愧，怎么办？

我说，布施重要的虽然是财物，但有比财物远为重要的东西，就是心，心里生起布施的一念，那时心就柔软了，慈悲了，处在清净之中了。这种受惠，是财物所无法衡量的。

维摩诘经里说："布施，是菩萨净土。"正是这个意思，不要担心受骗，也用不着挣扎，在布施的那一刻，最受益的就是自己了。

常行布施的人，常处于清净之中；常行布施的人，心常觉醒而温柔；常行布施的人，是世上最有福报的人。

让我们常行布施吧！让我们的心常常处于净土吧！

高僧的眼泪

　　有一位中年以后出家的高僧，居住在离家很远的寺院里，由于他有很高的修持，许多弟子都慕名来跟他修行。

　　平常，他教化弟子们应该断除世缘，追求自我的觉悟，精进开启智慧，破除自我的执着。唯有断除人间的情欲，才能追求无的解脱。

　　有一天，从高僧遥远的家乡传来一个消息，高僧未出家前的独子因疾病而死亡了。他的弟子接到这个消息时聚在一起讨论，他们讨论的主题有两个，一是要不要告诉师父这个不幸的消息？二是师父听到独子死亡的消息会有什么反应？

　　他们后来得到共同的结论，就是师父虽已断除世缘，孩子终究是他的，应该让他知道这个不幸。并且他们也确定了以师父那样高的修行，对自己儿子的死一定会淡然处之。

　　最后，他们一起去告诉师父不幸的变故，高僧听到自己儿子死的消息，竟痛心疾首流下了悲怆的眼泪，弟子们看到师父的反应都感到大惑不解，因为没想到师父经过长久的修行，仍然不能断除人间的俗情。

其中一位弟子就大着胆子问师父："师父，您平常不是教导我们断除世缘，追求自我的觉悟吗？您断除世缘已久，为什么还会为儿子的死悲伤流泪？这不是违反了您平日的教化吗？"

高僧从泪眼中抬起头来说："我教你们断除世缘，追求自我觉悟的成就，并不是教你们只为了自己，而是要你们因自己的成就使众生得到利益。每一个众生在没有觉悟之前就丧失了人身，都是让人悲悯伤心的，我的孩子是众生之一，众生都是我的孩子，我为自己的儿子流泪，也是为这世界尚未开悟就死亡的众生悲伤呀！"

弟子听了师父的话，都感到伤痛不已，精进了修行的勇气，并且开启了菩萨的心量.

这实在是动人的故事，说明了修行的动机与目标，如果一个人值得崇敬呢？只有一个人确立了修行是为使得众生得益，不是为了小我，修行才成为动人的、庄严的、无可比拟的志业。

从这个故事我们可以找到大乘佛法的真精神，大乘佛法以慈悲心为地，才使万法皆空找到落脚的地方。也可以说是"说空不空"，无我是空，慈悲是不空。虽知无我而不断慈悲，故空而不空；虽行慈悲而不执有我，故不空而空。当一个人不解空义的时候，人不能如实知道一切众生和己身无二无别，则慈悲是有漏的，不是真慈悲。这是为什么高僧弟子先进入空性，才谈众生无别的慈悲。

进入空性才有真慈悲，在《严华经》对象里说："菩萨摩诃萨入一切法平等性故，不于众生而起一念非亲友想，设有众生，于菩萨所，起怨害心。菩萨亦以慈眼视之，终无恚怒。普为众生作善知识，演说正法，令其修习。譬如大海，一切众毒，不能变坏，菩萨亦尔。一切愚蒙、无有智慧、不知恩德、嗔恨顽毒、憍慢自大、其心盲瞽、不识善法、如是等类、诸恶众生、种种逼恼、无能动乱。"这是多么伟大的境界，想一想，如果菩萨没有进入"一切法平等性"，如何能承担众生的恼乱、爱惜众生如子呢？

佛陀在《涅槃经》里说，"我爱一切众生，皆如罗睺罗（罗睺罗是佛陀的独生子，后随佛出家）"。也无非是说明众生如子。菩萨与小乘最大的区别，就是慈悲，例如佛教说三毒贪嗔痴是一切烦恼的根源，修小乘者断贪嗔痴，修大乘菩萨则不断，反而以它来度众生。为什么呢？月溪法师说："贪者，贪度众生，使成佛道。嗔者，呵骂小乘，赞叹大乘。痴者，视众生为子。"菩萨不断贪嗔痴，非是菩萨有所执迷，而是慈悲众生，所以不断。

什么是慈悲呢？并不是我们一般说的同情或怜悯，"与乐曰慈，拔苦曰悲"，把众生从苦中救出来，给予真实的快乐才是慈悲。

佛法里把慈悲分成三种：一是"众生缘慈悲"，就是以一慈悲心视十方六道众生，如父、如母、如兄弟姐妹子侄，缘之而常思与乐拔苦之心。二是"法缘慈悲"，就是自己破了人我执着，但怜众惩治知是法空，一心想拔苦得乐，随众生意而拔苦与乐。三是"无缘慈悲"，就是诸佛之心，知诸缘不实，颠倒虚妄，故心无所缘，但使一切众生自然获拔苦与乐之益。

要有"众生缘慈悲"才能进入"法缘慈悲"和"无缘慈悲"，若没有众生的成就、缘的成就、慈悲的成就，大乘行者是绝对不可能成就的。高僧的眼泪因此而流，在娑婆世界的菩萨们见到众生愚迷、至死不悟，何尝不是日日以泪洗心呢？

原来的那一页

|

有人来和我讨论"愿"的问题。

他说，他为着"愿""发愿""愿力"的问题，苦恼得要失眠了。

原因是，像"愿"这个字时常被我们挂在口中，但是却无法落实，每一个愿在发出的时候都是无形无相的，"我们说自己发了一个愿，那个愿是不是那么确定、确立，不可更改呢？"

第二个困扰他的问题，是在经典上记载佛菩萨的愿都是广大无边，有的根本不能实现，像地藏菩萨的"地狱不空，誓不成佛，地狱若尽，方证菩提"。像观音菩萨的"愿度尽一切众生，若有一众生未得度，而自弃此宏誓者，愿头脑裂为千片"。那么，我们如果要发愿，是要发那些很大很大、可能无法实现的愿呢？或是发那很小很小、立刻可以实践的愿呢？

"很小很小，立刻可以实践的愿是什么呢？"我问他。

"例如每个月捐出一百元济助贫病的人；例如每个月去捐血

五十毫升：又例如从此不对人说脏话。"

第三个困扰他的问题是"本愿"，所有的佛菩萨关于发愿的经典都叫"本愿经"，他们都可以知道过去世所发的愿，那叫做本愿，我们又不知道自己的本愿，发愿时既不知从前的愿，以后也不知会不会遗忘，此刻，要如何来确定自己的本愿呢？

第四个困扰他的问题是，诸佛菩萨发愿修行时都是"发阿耨多罗三藐三菩提心"，到证果时，是"证得阿耨多罗三藐三菩提"，什么是阿耨多罗三藐三菩提？如果"愿心"与"证果"都是一样的东西，那么愿到底是一条直线呢？或者是像叠床架屋一样，一点一点地累积起来呢？

"什么才是真实的愿呀？"他说。

2

是的，我们佛教徒常常谈愿，却很少有人深刻地思考到愿的问题。但是他来谈愿的那个下午，我急着赶飞机去高雄医学院演讲，没有时间相谈，我说："像我以前发愿要为众生破疑解惑，虽然到高雄去演讲很远，要花很长的时间，但要实践自己的小小愿望，也还是要去，我先去实践了，回来再慢慢与你谈愿吧！"

当我乘坐的飞机在云层上空的时候，我看到在太空中飘浮变幻着的白云，思索着"愿"的问题，是真的那么难以理解吗？

"愿"的左边是"原"，右边是"页"，简单地说就是"原来的那一页"，在六个月以前，我在记事簿上写着"十一月五日下午七时，高雄医学院大讲堂演讲"，在写的时候，我是希望能到高雄去，但我不能确定可不可以去得成，例如说不定在六个月后的今天我生病了；又或者遇到台风，飞机不能起飞了；又或者主办的单位临时取消了……这些情形都有可能发生（而且真的都在我身上发生过），但在当时我还是在笔记本上写下了这一页。那"原来一页"简单的一行字，驱策我去订机票、赶飞机，现在就在飞机上了。

到了高雄，一切顺利，有五百多人来听演讲，都是医学院的教授和学生。我演讲的愿望，就是希望这五百多人里有一些能发起菩提心、菩提的愿望，即使只有一个人，则原来的那一页就没有白写。

演讲完后，已经是夜里九点半，再没有飞机回台北了，我只好去坐深夜十点四十五分的莒光号回台北。火车在黑暗之中穿过田园、穿过城乡，远处的灯像流火一般，在遥远的视界中闪烁；我又想到"愿"的问题而难以入眠，想到平常此时我已在温暖的被窝中就寝，只因为六个月前在册子上写的一行字，使我深夜犹在冷气过强的火车上奔波。

火车开得慢极了，足足开了七个小时，到松山火车站正好是清晨六点。大地正在泛白，我拖着疲累的步子走回家，身心都感到萎顿，但想到或许有一位医学院的学生因此能有济世的心，去济助患病的急需救助的人，我的心感到欣悦，仿佛这样无私的付出都有了代价，身心顿感泰然。

回到家，我在六个月前的那行字上划了一个圆圈，表示这一页已经得到了实践、得到了完成，我心里有说不出的感恩。

3

愿不是那么不可理解的，凡是佛菩萨的愿都可以用两句话来概括，就是"志求无上菩提，欲度一切众生"，这称为"弘誓"，也叫作"总愿"。

在"总愿"之外，诸佛菩萨都依众生意乐有不同的愿，例如阿弥陀佛的四十八愿与药师如来的十二愿，就有很大不同，这叫作"别愿"。

至于本愿，也就是最初的发心，佛菩萨的本愿不离"愿作佛心""度众生心"。但由于修行的关系，果位逐渐增上，日趋于圆满，因位之愿会由于果熟了，而产生距离，这时，佛菩萨会再入于"因位"，或在实践上永不脱离因位，此称为"本愿"。以地藏菩萨与观音菩萨为例，他们可以成佛，却誓不成佛，即是永远落实于本愿的缘故。

在发心的那一刻，叫"愿心"。

更大的愿心生起更大的力量，叫"愿力"。

愿心极广、愿力极深，如大海的浩瀚无边，叫作"愿海"。

依照愿心、愿力、愿海去实践，称为"愿行"。

愿与行都圆满成就，叫"愿行具足"。

在具足之时，本愿成就则国土显现，那时则历历可见，称为"愿土"。我们看往生礼赞中的一首诗，就能知悉愿土成就的情景：

观彼弥陀极乐界，

广大宽平众宝成；

四十八愿庄严起。

超诸佛刹最为精。

4

在《华严经》里，依誓愿之船航向彼岸，称为"愿波罗蜜"，一个人要具有十种德行，才能清净愿波罗蜜：

一、尽成就一切众生。

二、尽庄严一切世界。

三、尽供养一切诸佛。

四、尽通达无障碍法。

五、尽修行遍法界行。

六、身恒住尽未来劫。

七、智尽知一切心念。

八、尽觉悟流转还灭。

九、尽示现一切国土。

十、尽证得如来智慧。

了解愿波罗蜜十德，就能知道"发阿耨多罗三藐三菩提心"，与"证阿耨多罗三藐三菩提"为什么无二无别了。那就好像我们现在发起一个去美国的心，这是"发心"之始；那我们会准备去美国的"资粮"，例如买机票、筹旅费、学英语，这是"行"的部分；有一天我们去了美国，这是"证"的部分。美国只有一个，在"想去"与"到达"之间，虽有距离，其目标是一致的呀！去美国如此，走向佛道也是如此。

有关佛的菩提，依照《大智度论》的说法有五种：

1. 发心菩提——一切菩萨发心求取菩提，是得菩提果之因。

2. 伏心菩提——菩萨透过各种波罗蜜的实践，制伏烦恼、降伏其心。

3. 明心菩提——登地菩萨了悟诸法实相毕竟清净，如实知自心。

4. 出到菩提——在不动地、善慧地、法云地的菩萨，在般若波罗蜜中得方便力，亦不执着般若波罗蜜，灭除了烦恼的束缚，出离三界，得一切智。

5. 无上菩提——即是佛果的觉智，等觉妙觉证得阿耨多罗三藐三菩提。

所以说，阿耨多罗三藐三菩提是菩提的最高境界，"阿耨多罗"是"无上"之意，"三藐三菩提"是"正、遍、知"之意，合起来说是"无上正遍知"。

以其所悟之道为至高，称"无上"。

以其道周遍而无所不包，称"正遍知"。

这含有平等圆满的意思，大乘菩萨愿行的全部内容，即在成就此种觉悟，完成这种觉悟称为"佛"，是"无上正等觉者"。

因此，佛也称为"阿耨多罗三藐三佛陀"！

5

"什么才是真实的愿呢？"

对于愿的疑惑，我们已解决了大半，我深信所有在这世间，此生能行善的人，都是从前曾有本愿的菩提萨埵。像慈济功德会的诸菩萨、善上人，都是顺着本愿的轨道开向菩提的故乡；或是随着弘愿的航道，在飞向彼岸。这样想，常使我动容赞叹，心神震荡！

"我不知道是不是曾有那样的本愿呀？如果不是本愿，此刻要怎么做呢？"

在佛法里，把愿向前推动，叫作"愿轮"，有两个意思：

一是菩萨的弘誓，因为愿求坚固，能摧破一切魔障敌众，如转轮圣王的轮宝。

二是菩萨从始至终，回转于自己的誓愿而精勤不已。

我们的轮子不断向前走，只要看清前面的道路，忘记过去的痕迹有什么要紧呢？如果愿轮尚未转动过，从现在开始转动不是很好吗？

我想起飞机穿破云层、火车行走深黑的乡野的情景，我们一点也无畏，因为知道自己的发心，了解自己要抵达的目标。

这时我翻开六个月前写的原来那一页，在旁边加注两句：

愿慧悉成满，
得为三界雄。

愿，是我们写在心灵笔记上热情的希望，是给生命关怀的书帖，也是不枉费人间一遭的证明呀！

凡夫思想

一切在冥冥中都是有定数的，葡萄之小与西瓜之大不可能改变。葡萄因其小，宜小口品尝，西瓜由其大，宜大口吃。

不只大小有定数，颜色也有定数，试想，绿色的花开在红色的叶子上，可能有意外之美，如果天飘黑雪，蓝色的云朵浮于红色的天空，黑色的船航行于紫色的海上，恐怕就要变天。

长短或数量也有限度，蜈蚣若身长数丈，蜘蛛若身高八尺，世界会变成什么光景？

数量如无止境，也将可悲，蝴蝶与飞鸟虽美，假若亿万横空，丽日也会黯淡。钱财与权位固好，如果集权财于一身，心智必会堕落。

人寿最好，但假设人能永生不死，其实后果严重，想想回家要和一千年前的祖先共进晚餐，在路上可能遇见一万年前的太祖，则生活的混乱荒谬可想而知。

事物因其有限有尽，而值得珍惜。

事物因其短暂渺小，而值得体会。

在当今之世，我认为最急于建立的是凡夫思想，总统、财阀、政客、文人、艺术家皆为凡夫，有凡夫的喜怒哀乐，有凡夫的牙痛和腹泻，有凡夫的生死别离，有凡夫的贪婪、瞋恨与愚痴。

历史早已提供答案了，圣贤豪杰自许的时代，人心必美；钱财与权位集中的时代，天下必乱。所以，人人都是凡夫，在凡俗生活中有一点点圣贤的心，一丝丝豪杰之气，是最好的。人人都是凡夫，在平凡的生命中口袋里有些钱财，每次都有投票权，就更好了。

现世台湾之乱，是那些在政坛议堂貌似圣贤、自称豪杰的人，其实比凡夫还凡夫，人格卑劣、庸俗不堪的比比皆是。当今人心不平，是由于那些集权财于一身者，多不是有过人的努力，而是来自不公平的政策、不平等的竞争。

民主政治最基本的立意就是为凡夫而设的政治。

理想社会最根本的基础就是使凡夫活得坦然的社会。

真正伟大的人，不是天资英明的，而只是凡夫有了超凡的胸襟、非凡的识见、不凡的成就，这就是为什么历代的伟人都从凡夫做起。帝皇后妃虽善于自我歌颂，同意其伟大者，甚渺矣。

我们应该努力来创造凡夫的社会、培养凡夫的思想，因为所有的权位钱财都是建立于庶民凡人，凡人拥有政商重权依然是凡人，只是因缘使然，并没有什么可以骄人。

唯有真正的凡夫思想建立了，社会才能真平等，生活才能真平安，人心才能真平坦。

西瓜有西瓜的好，葡萄有葡萄的好，一切都是有定数的。唯有自觉渺小的人，才能真正见到天地的广大。

西河堂与荥阳堂

我妈妈的娘家住在"溪洲",光听名字就知道是小溪围绕、土地丰饶、风景优美的地方。

小时侯没有交通工具,从旗山到溪洲可不是件简单的事情。

每次随妈妈回娘家,总要在路边的芒果树下休息几次,每次坐下休息都感觉自己没有力气再走了,这时候,妈妈会温柔地牵起我们的手,哄我们说:"快起来走,阿嬷家前面的荔枝结了很多很多,等你们去吃呢!"

听到外祖母家的荔枝,我们就像吃了铁牛运功散,一跃而起,奔向妈妈的老家。

一面向前奔跑,一面就会在脑中浮起妈妈生长的四合院,堂屋上镶着"荥阳堂"的金字,砖墙因岁月而显现美丽的枣红色。

"荥阳堂"整个被果树包围,屋前是荔枝和莲雾,屋后是柿子和芒果,还间杂种着枇杷、椰子、香蕉。这是乡下农人的本色,种的树都非常"实用",几乎没有为观赏而种的树。

花是除外的,院子里有几株高大的玉兰、含笑、桂花,记忆中是终年飘香的。

妈妈的娘家在当地人的口中，叫做"莲雾脚"，因为接近路口有一棵参天的莲雾树。

在走向荥阳堂的路上，荥阳堂美丽的景象就开始变成电影，在我的脑中放映，电影里还有慈祥的外祖母、勤奋的八个舅舅，以及我永远也数不清的表兄弟姐妹。

看到路口那棵高大的莲雾树时，心中的烟火就突然被点燃而爆开了，有一种美丽的悸动，呀！真好！荥阳堂美丽如昔，母亲的家和父亲的家一样美好。

父亲家的堂号是"西河堂"。

我常觉得，每次从"西河堂"走向"荥阳堂"的路上，我的想象与情感总是比我的身体更早地飞跃和抵达，那一路上的感受是十分文学的。

当我们说到"文学"，总不免会陷入某种"奇情"，使我们忽略文学那平实的面貌，文学的情感是溪水一样流注、想象是白云那样自由、优美则是亲人脸上的微笑。如果文学的想象、情感、优美可以落实到平常生活，再平凡的百姓也可以有文学的心。

就像我记忆中的"西河堂"现在已经变成旗山最大的邮局，我记忆中的"荥阳堂"现在是一栋连一栋的洋楼，但这种现实一点也不能阻碍我的情感，我一闭起眼睛就可以清楚地看到西河堂的朴素样貌和荥阳堂最繁华的岁月。

想象的永不褪色、情感的永不失去、优美的永不变迁，那是我最初对文学的信念呀！

我们与亲人的相见，那在路上的奔赴，不就是一种文学心灵的记忆吗？

我有时会和妈妈谈起从前到溪洲去的情景，我的妈妈就会立刻有了笑意，点燃了内在的幸福。虽然我的外祖母早就离开人世，我的舅舅也因为年老，一个一个辞世，却一点也不会阻挡母亲和我那美好深刻的生活记忆。

犹如一棵荔枝树的姿势，甚至结成果实的样子，也是历历如绘的。

再想到西河堂原在山西，荥阳堂原在河南，父亲的祖先和母亲的祖先不知道经过多少迢遥的路才绵延到如今，我常常坐在那漆金的巨大堂号的匾额前仰头注视，觉得有某些事物触动着我的内心，那就像两条河流在我的心灵交汇而形成一个肥美的溪洲，在那里有繁花绿树、星月平原，还有人的情谊与血泪。

我想，如果我要写什么作品，也是写给那些有情有义、有心有梦的人看，不是写给某些有学问的人品评。好比一朵花在春天开放，是给所有路过的人欣赏；好比一棵树长成绿荫，是给所有的人乘凉，包括那些劳苦种作、平常平凡的人。

在我成长的过程中，我大部分时间住在西河堂，偶尔住在荥阳堂，我到荥阳堂的时候，年老的外祖母总是搂着我说："我的乖孙回来了！"当我从荥阳堂回到西河堂的时候，我的爸爸就会说："你总算回来了！"

"回来"给我的定义就是回到一个归属的地方，而只要有真正的爱，每一个地方都是我们的归属。

我写作的时候，时常想起童年去荥阳堂走在路上的情景，我渴望带着相识或不识的人，一起去看看那些优美的地方、见见那些淳厚的人，然后在路的两头都可以说："我回来了。"

　　为生命的想象、情感、优美找一些空间、找一点归属，才能排遣因长途跋涉而产生的渴望和烦恼吧！